Françoise Dorner
Ein Tag in aller Liebe

FRANÇOISE
DORNER

Ein Tag in
aller Liebe

ROMAN

Übersetzung aus
dem Französischen
von Ulrike Werner

Ehrenwirth

Dieser Titel ist auch als Hörbuch und E-Book erschienen

MIX
Papier aus verantwortungsvollen Quellen
FSC® C083411

Titel der französischen Originalausgabe:
»Quelque chose de lui«

Umschlaggestaltung: Johannes Wiebel, punchdesign, München
Unter Verwendung von Motiven von © photocase.de: Mr. Nico | mi.la und © shutterstock: Masson | Ditty_about_summer | arigato
Satz: hanseatenSatz-bremen, Bremen
Gesetzt aus der Adobe Garamond Pro
Druck und Einband: CPI books GmbH, Leck – Germany

ISBN 978-3-431-03951-1

2 4 5 3 1

Sie finden uns im Internet unter: www.luebbe.de
Bitte beachten Sie auch: www.lesejury.de

Für Lettala

Ihr Ehemann hat sie auf dem Friedhof vergessen. Und obendrein regnet es. Violette klammert sich an ihren Regenschirm. Mit eiskalter Nasenspitze watet sie durch den Matsch und sagt sich immer wieder, dass er schließlich nichts dafürkann. Richtig – sie hat diesen Tick, anderen immer alles nachzusehen. Aber dieses Mal irrt sie sich ganz bestimmt nicht.

Gerade erst musste Richard seine Mutter begraben, die er seit zwölf Jahren nicht mehr gesehen hatte. Ihr Leichnam wurde aus Kenia überführt. Ein paar noch lebende Freunde, die eigentlich nicht mehr als eine verschwommene Erinnerung an sie hegten, hatten sich weniger aus Trauer als aus Neugier eingefunden. Sie hofften, den afrikanischen Ornithologen zu sehen, den Grund dafür, dass die alte Dame mit siebenundsechzig Jahren alle Brücken hinter sich abgebrochen hatte, um, wie sie sagte, ihr Witwendasein in vollen Zügen zu genießen. Sie ließ ihre Bridge-Partien, ihre Museumsbesuche, ihre Wohltätigkeitsveranstaltungen und vor allem ihren Sohn zurück, den sie doch so innig liebte, nicht wahr? Aber der Mann aus Kenia war nicht zur Beerdigung erschienen. War es nur höfliche Zurückhaltung oder schlicht Eifersucht? Die Verstorbene hatte nämlich testamentarisch verfügt, dass sie im Familiengrab beigesetzt werden wollte. Als kehrte sie nach einer Flucht zurück.

Ihr Sohn stand aufrecht wie eine Säule da und starrte in den Himmel, als der Sarg in die Grube gesenkt wurde. Violette stieß ihn mit dem Ellbogen an.

»Richard, die warten auf dich. Geh schon!«

Er murmelte: »Wie das regnet!«, ehe er auf das tiefe Erdloch zutrat.

Richard war ein vernünftiger Mensch. Er hatte seiner Mutter nie verziehen, dass sie alles über den Haufen geworfen hatte, was ihm Halt geboten hatte. Zutiefst verstört stellte er sich in schlimmen Albträumen vor, wie sie es in Kenia unter einem Moskitonetz mit dem Ornithologen trieb oder von einem verwirrten Elefanten oder einer verängstigten Antilope zertrampelt wurde. Er hasste es, wenn seine Psyche unvorhergesehenen Einflüssen ausgeliefert war.

Die Trauergäste erwiesen der Toten im regenschirmbewehrten Gänsemarsch hastig die letzte Ehre und entschwanden dann zu ihren Autos.

Violette blieb allein am Grab zurück. Sie hauchte ihrer Schwiegermutter einen diskreten Kuss zu. Insgeheim bewunderte sie diese Frau, die der Liebe wegen alles hinter sich gelassen hatte.

Als sie den Friedhof verließ, war niemand mehr da. Alle hatten sich längst auf den Weg gemacht. Auch ihr Ehemann. Er hatte sie vergessen. Genau wie damals im September an einer Autobahnraststätte auf dem Weg in die Normandie, als sie nur kurz ein paar Bonbons hatte kaufen wollen.

Bestürzt wühlte sie in ihren Manteltaschen, fand aber nur ihre Zigaretten. Ihr Handy lag in ihrer Handtasche unter dem Autositz. Im Schutz ihres Regenschirms stellte sie sich an den Rand des Gehsteigs, denn sie war überzeugt, dass Richard sie dieses Mal schon bald vermissen würde. Aber lange Minuten verstrichen. Allmählich begann sie sich zu ärgern. War sie wirklich so durchsichtig, so farblos und so unnütz geworden? Ihr Zorn galt jedoch nicht Richard, sondern ihr selbst. Immer hatte sie sich verpflichtet gefühlt, jederzeit am richtigen Platz zu sein – genau an ihrem Platz. Aber seit ihre Tochter flügge geworden war, schien niemand mehr sie zu brauchen. Man hätte besser sie in dieser Grube verscharren sollen. Umgeben von Kränzen mit tröstlichen Sprüchen auf den Bändern: *Für immer in unseren Herzen.*

Nervös griff sie nach einer Zigarette. Ihre Hand krampfte sich um das Einwegfeuerzeug, das ihr im Wind jedoch den Dienst verweigerte.

»Entschuldigen Sie, Madame. Darf ich Ihnen behilflich sein?«

Angespannt wandte sie den Blick dem lächelnden jungen Mann zu, der sie angesprochen hatte. Mit seinem Zippo entzündete er ihre Zigarette im Nu.

»Vielen Dank«, murmelte sie und inhalierte einen tiefen Zug, um sich zu beruhigen.

»Nicht, dass Sie sich bei diesem Wetter noch eine Lungenentzündung holen!«

Sie murmelte: »Na und? Es würde ohnehin keine Rolle spielen.«

Er griff vorsichtig nach ihrem Arm. Alarmiert rief sie:

»Nicht anfassen! Bitte!«

»Ich wollte Sie lediglich ins nächste Café ins Trockene bringen. Sie sehen erschöpft aus«, erklärte er ganz sanft.

Sie nickte langsam. Plötzlich brach sie in Tränen aus. Er nahm ihr den Schirm aus der Hand, um sie auf die andere Straßenseite zu begleiten. Sie ging mit ihm.

Nach zehnminütigem Schweigen, einem doppelten Whisky und zwei Tassen starkem Kaffee bat sie ihn, ihr sein Handy zu leihen. Sie wählte die Nummer ihres Mannes, erreichte aber nur die Mailbox.

Richard Domm. Bitte hinterlassen Sie eine Nachricht!

»Ich bin es. Du hast mich auf dem Friedhof vergessen. Was soll ich machen? Wie soll ich heimkommen? Ruf mich zurück! Nein, warte, das hat keinen Sinn. Meine Handtasche ist im Auto. Samt Telefon und Geld. Du solltest … Keine Ahnung … Ach, verdammt!«

Sie legte das Handy auf den Tisch. Der junge Mann betrachtete sie schweigend. Es verwirrte sie, dass er Zeuge dieser erbärmlichen Szene geworden war, die ihr wie ein Symbol für ihr ganzes Leben erschien.

Er warf einen Blick auf seine Uhr, machte dem Kellner ein Zeichen, bezahlte und stand auf.

»Ich bringe Sie nach Hause. Kommen Sie.«

Sie antwortete nicht, folgte ihm aber. Er öffnete ihr die Autotür. Violette stieg ein.

»Legen Sie bitte den Gurt an«, sagte er nach etwa zweihundert Metern, in denen der Wagen ohrenbetäubende Pieptöne von sich gegeben hatte.

Sie schnallte sich an und überlegte, wieso ihr Mann das Gespräch nicht angenommen hatte.

»Wo müssen wir hin?«

»Fünfzehntes Arrondissement, Avenue Émile Zola. Sie können über den Boulevard Garibaldi fahren«, erklärte sie, als spräche sie mit einem Taxifahrer.

Schweigend quälten sie sich durch den strömenden Regen und rollten im Schritttempo hinter einer Demo und mehreren Müllwagen her. Der junge Mann tätschelte in aller Gemütsruhe sein Lenkrad; Violette bemühte sich, so wenig wie möglich nachzudenken.

Nach drei vergeblichen Versuchen, ein Gespräch in Gang zu bringen, schaltete der Mann einen Nachrichtensender ein. Es ging um Steuern, Streiks, die bevorstehenden Weihnachtsfeiertage und die gnadenlosen Maßnahmen der Regierung, eine Null-Promille-Regelung einzuführen. Die Dämmerung setzte bereits ein, als Violette erleichtert ausrief:

»Wir sind da!«

Der junge Mann hielt in der zweiten Reihe, schaltete die Warnblinkanlage ein und fragte: »Alles in Ordnung? Soll ich Sie nicht vielleicht lieber nach oben begleiten?«

Überrascht blickte sie ihn an. Adrenalin rauschte durch ihren Körper. Sie zögerte kurz und stellte sich vor, was für ein Gesicht Richard machen würde, wenn sie in Gesellschaft eines jungen Mannes auftauchte. Nervös lachte sie auf.

»Ich glaube nicht, dass das eine besonders gute Idee wäre. Außerdem haben wir Gäste. Nach einer Beerdigung wird ja immer noch getrunken und gegessen. Schließlich muss man sich beweisen, dass man noch lebt. Man lacht miteinander, weil der Verstorbene es sich so gewünscht hätte. Sie sehen, es ist nichts wirklich Aufregendes für Sie. Für mich übrigens auch nicht. Also auf Wiedersehen«, sagte sie und stieg aus dem Auto. »Und vielen Dank. Ach, ich habe Sie gar nicht nach Ihrem Namen gefragt.«

Es war eine Feststellung.

Er zwinkerte ihr zu und fuhr davon.

Ihr Mann öffnete ihr so ruhig wie immer, als wäre nichts geschehen. Violettes Entschlossenheit, endlich einmal alles auf den Punkt zu bringen, fiel in sich zusammen. Als sie an ihm vorbeiging, sagte sie lediglich in einem ungezwungenen Tonfall, hinter dem sich resignierte Verbitterung verbarg:

»Ich nehme an, du hast deine Mailbox nicht abgehört.«

»Wieso?«

»Weil du mich auf dem Friedhof vergessen hast, mein Lieber.«

»Vergessen? Warum sagst du so etwas? Ich dachte, du wärst in eines der anderen Autos gestiegen«, erklärte er vorwurfsvoll.

»Ja, natürlich.«

So einfach war es also. Violette spürte, wie sie errötete. Es gab nichts zu sagen und nichts zu verändern – sie musste eben einstecken. Im Übrigen hatte offenbar niemand ihre Abwesenheit bemerkt. Die Verwandten und Bekannten der Verstorbenen schlugen sich, Sektkelche in der Hand, genüsslich den Bauch voll, äußerten ihre unmaßgebliche Meinung zu allem und jedem und zogen mit unschuldiger Trauermiene über Abwesende her.

»Ich frage mich, wie er wohl aussieht, dieser Lover aus Kenia …«

»Angeblich ist er Forscher. Von wegen! Witwenforscher vielleicht. Er hat ganz schön von ihr profitiert.«

»Sie hat bekommen, was sie verdient hat. Es ist doch unwürdig, wenn eine Frau ihres Alters es nötig hat, sich mit jemandem im Bett auszutoben, der nicht einmal unserem Kulturkreis angehört. Richard tut mir leid. Mit einer solchen Mutter hatte er es sicher nicht leicht.«

»Alles in Ordnung?«, erkundigte sich Richard und trat zu den besten Freundinnen seiner Mutter.

Sie erwiderten seinen Blick, ohne zu blinzeln, und antworteten im Chor:

»Welch außergewöhnliche Frau! Ein schlimmer Verlust für uns alle. Und für dich erst, du Ärmster! Seine Mutter zu verlieren – davon erholt man sich nie. Was ist eigentlich mit deiner Frau? Sie sieht ziemlich erschöpft aus«, fuhren sie übergangslos und mit betroffenen Mienen fort, als wäre Violette die Nächste, die es zu betrauern galt.

Violette stand daneben, hörte zu und beobachtete. Und plötzlich begriff sie, warum ihre Schwiegermutter so weit fortgegangen war. Es hatte sich keineswegs um eine Bettgeschichte gehandelt, wie ihr Mann glaubte. Wer vermeiden wollte, von den lieben Mitmenschen lebendig begraben zu werden, der musste fliehen – auf welche Art auch immer. Vielleicht existierte dieser Forscher aus Kenia überhaupt nicht, sondern hatte lediglich als bestmöglicher Vorwand gedient, einen Schlussstrich unter ihr bisheriges Leben zu ziehen und die liebe Nachbarschaft zu schockieren.

Diskret verschwand Violette im Bad und schob den Riegel vor. Richard hatte ihn anbringen lassen, als ihre Tochter noch bei ihnen gelebt hatte. Er hatte es nicht ertragen, dass sie hereinstürmte, ohne anzuklopfen, während er gerade in der Wanne lag, sich kurz auf die Waage stellte und dann wütend und türschlagend wieder verschwand. Inzwischen lebte Céline samt ihren Kilos in Boston, und Richard hatte den Riegel als Andenken behalten.

Unter der sehr heißen Dusche überlegte Violette, ob sie den Mut hätte fortzugehen. Und wenn ja – wohin überhaupt? Wenn man einen Menschen verlor, dachte man egoistischerweise oft über das eigene Leben nach. Man zog Bilanz und wurde sich der Fehlschläge bewusst, vergaß dabei aber manchmal die glücklichen Augenblicke. Als ihre Tochter geboren wurde, war Violette kaum siebzehn gewesen. Genau das war ihre Geschichte: ein Kind, das ein Kind bekam. Vielleicht war sie aus diesem Grund nie erwachsen geworden.

Irgendetwas musste sie verpasst haben in dieser Mutter-Tochter-Beziehung, um die immer ein solcher Wirbel gemacht wird. Aber sie konnte schließlich nichts dafür, dass die Nabelschnur nach der Entbindung unwiderruflich durchgeschnitten wurde. So war es auch bei ihrer eigenen Mutter und ihr geschehen. Noch im Krankenhaus hatte ihr Vater eine schreckliche Entscheidung fällen müssen. Als die

Ärzte ihn fragten, ob sie die Mutter oder das Kind retten sollten, hatte er sich für die Mutter entschieden, aber es war dann doch die Kleine gewesen, die überlebte. Das hatte er ihr nie verziehen.

Ihre gesamte Kindheit und Jugend hindurch hatte Violette sich bemüht, möglichst wenig aufzufallen. Als sie jedoch Richard kennenlernte, bedeutete dies eine Zäsur in ihrem Leben. Von Anfang an zeigte er sich als aufmerksamer Beschützer. Sie war sechzehn Jahre alt, er siebenundzwanzig. Er hatte ein Studium der Innenarchitektur absolviert und verdiente sein Geld als Möbelrestaurator und Spezialist für die Wiederherstellung von Intarsienarbeiten. Wenn er sie anblickte, hatte sie das Gefühl, ein vollwertiger Mensch zu sein. Er war so seriös, dass sie sich wichtig fühlte – fast so wichtig wie ein Stilmöbel. Ihr Vater gab ihnen sofort seinen Segen, weil er sie nur allzu gern einem anderen anvertraute, um ungestört sein Leben im Rhythmus seiner häufig wechselnden Eroberungen führen zu können. Vor allem jedoch ertrug er es nicht, sie schwanger zu sehen, denn das weckte schmerzvolle Erinnerungen in ihm.

Nur allzu gern hatte Violette mit der Schule aufgehört, um sich ganz ihrem Mann und ihrer Tochter zu widmen. Nichts wünschte sie sich mehr, als den Anforderungen der beiden voll und ganz zu genügen, einen guten Eindruck zu machen und ihnen Freude zu bereiten. Dabei fühlte sie sich weder gezwungen noch von der Vorstellung besessen, das Idyll von der heilen Familie erschaffen zu müssen, das sie selbst nie kennengelernt hatte – es war einfach ihr Wunsch. Mit fast schon neurotischer Begeisterung machte sie es sich zur Aufgabe, die Wohnung zu jeder Tages- und Nachtzeit ordentlich und makellos sauber zu halten. Das kleinste Stäubchen und der winzigste Fleck wurden zu bösartigen Feinden, die es zu bekämpfen galt. Nie streckte sie die Waffen. Einkaufen, Kochen, Haushalt, Bügeln und jeden Montag, Mittwoch und Freitag Tanzunterricht, Klavierstunden oder Tennis für die Kleine, die zwar einen ausgeprägten eigenen Willen hatte, aber sehr begabt war … Sonntags streiften sie durch Paris: vom Louvre zum Wissenschaftsmuseum über die Katakomben und den Palais de la Découverte, jeweils mit einem kleinen Umweg, auf dem sie sich systematisch mit einem Teil des Schlosses von Versailles vertraut machten. Anschließend ging es zurück in die Stadt, um in einem Kino auf den Champs-Élysées die Achtzehn-Uhr-Vorstellung zu besuchen. Familienleben, wenn man so wollte, von dem nichts geblieben war als ein unnützer Riegel im Bad.

Das heiße Wasser rann über ihren Körper. Endlich fühlte sie sich wieder aufgewärmt und bereit, ins Wohnzimmer zurückzukehren und sich zu bemühen, mit nimmermüdem Lächeln und den Umständen entsprechenden, aufmerksamen, zuvorkommenden Blicken eine Gleichgültigkeit zu verbergen, die ihr selbst Angst bereitete. Sie erkannte beim besten Willen keinen wirklichen Sinn mehr in ihrem Leben.

Jemand klopfte an die Tür.

»Violette? Bist du da drin? Was machst du? Wir warten auf dich.«

»Komme sofort.«

Aber ihr Mann hatte sich schon wieder entfernt. Sie zog das marineblaue Kleid mit dem kleinen weißen Kragen an, das sie so sehr an ihre Jugend erinnerte, die viel zu schnell vergangen war. Gehorsam wie immer kehrte sie mit gesenktem Kopf ins Wohnzimmer zurück. Sie fühlte sich als Komparsin inmitten von Unbekannten, die vergessen zu haben schienen, weshalb sie sich hier versammelt hatten.

Als das Büffet leer gefegt war, verabschiedeten die Leute sich mit den Worten: »Auf Wiedersehen und bis bald. Es hat sehr gut geschmeckt. Das nächste Mal kommt ihr zu uns.«

Wortlos schloss Violette die Tür hinter den letzten Trauergästen. Sie hatten die alte Dame aus Kenia endgültig begraben. Für Richards Mutter war es wirklich vorüber. Vergessen und luftdicht verschlossen lag sie in ihrem Sarg aus heller Kastanie. Violette hoffte, dass Richard wenigstens ab und zu einmal an seine Mutter denken würde. Es würde ihn den Lebenden näherbringen. Immer öfter hatte sie den Eindruck, dass die Möbel, die er restaurierte, auf ihn abfärbten.

Das Handy ihres Mannes klingelte. Sie sah, wie er mit seinem ruckartigen Gang den Flur durchquerte, in der Tasche seines Mantels wühlte, der an der Garderobe hing, und sich meldete:

»*Yes?*«

Es war eine alte Angewohnheit von ihm und für sie eine immer gegenwärtige Erinnerung. Bei ihrem ersten Telefonat hatte er *Yes* gesagt, sie hatte mit *No* geantwortet, und er hatte lachen müssen. So hatte sie sein Interesse geweckt – zumindest war sie dieser Ansicht. Als sie eine Freundin anrufen wollte, hatte sie sich verwählt und sich tausend Mal dafür entschuldigt. Er schlug ihr ein Treffen vor, »als Entschädigung«, wie er sagte. Jung wie sie war, ging sie tatsächlich darauf ein. Es amüsierte sie. Er fiel aus allen Wolken, als er ein halbes Kind vor sich sah. Sie log ihn über ihr Alter an, er tat es ihr gleich. Danach waren sie quitt.

»Du hast mich verwirrt« war der Satz, den sie während ihrer ersten Ehejahre am häufigsten zu hören bekam. Lange Zeit hatte sie geglaubt, es wäre ein Kompliment.

Mit dem Telefon in der Hand wandte sich Richard mit irritierter Miene an seine Frau: »Offenbar hast du deinen Schirm in einem Auto vergessen.«

»Bitte?«

Er stieß einen Seufzer aus. »Deinen Regenschirm.«

»Ach ja. Frag ihn bitte, wo ich ihn abholen kann?«

Kühl hielt er ihr das Handy hin. »Frag ihn doch selbst. Ich bin müde und muss morgen früh aufstehen.«

Mit einem kleinen angespannten Lächeln murmelte sie: »Ich weiß«, und nahm das Telefon. Sie wartete, bis Richard im Schlafzimmer verschwunden war, ehe sie sich mit neutraler Stimme meldete:

»Hallo? Entschuldigen Sie, dass ich Ihnen nochmals Unannehmlichkeiten bereite … Nein, das brauchen Sie nicht. Ich komme ihn holen … Einverstanden, morgen um zwanzig Uhr … Nein, es macht mir ganz bestimmt nichts aus. Ganz im Gegenteil … Auf Wiedersehen, Monsieur.«

Als sie das Telefon ihres Mannes zur Seite legte, wunderte sie sich über die Gefühle, die sie empfand. Sie ging in die Küche und trank ein Glas Wasser. Anschließend kehrte sie ins Wohnzimmer zurück, um die Lichter zu löschen. Die Gäste hatten ein wahres Tohuwabohu hinterlassen. Überall standen und lagen Teller, Gläser, Servietten und volle Aschenbecher herum. Zum ersten Mal in ihrem Leben als verantwortungsvolle und seriöse Frau trat sie mit voller Kraft gegen eine Birne, die auf den Boden gefallen war. Die Glasscheibe eines Möbelstücks aus Mahagoni zerbarst in tausend Stücke. In der Kommode, die gemäß ihrer Stilepoche als »Napoleon III.« zu bezeichnen war, bewahrten sie das Kristall, das Porzellan und einige Nippesfiguren von Richards Großmutter auf. Violette biss die Zähne zusammen, schloss die Augen und hoffte, dass nicht noch mehr zerbrochen war.

»Was ist passiert?« Richard betrat das Wohnzimmer und blieb angesichts der Glassplitter wie angewurzelt stehen. Ängstlich untersuchte Violette das Innere der Vitrine, ehe sie sich erleichtert zu ihm umwandte.

»Ich bin auf einer Birne ausgerutscht. Keine Sorge: Von deinen Andenken ist zum Glück keins zerbrochen. Ich hole schnell den Handfeger. Geh ruhig wieder ins Bett, schließlich musst du früh raus …«

Ehe sie das Zimmer verließ, sah sie, wie er aufmerksam jedes einzelne Teil der Familienerbstücke inspizierte.

Als sie zurückkam, war er immer noch da. Während sie die Glassplitter zusammenfegte, fragte er:

»Kannst du mir mal verraten, was dein Schirm im Auto dieses Kerls zu suchen hat? Und woher kennt er meine Nummer?«

Überrascht von dieser ungewöhnlichen Reaktion und seinem plötzlichen Interesse, wandte sie sich – immer noch auf allen vieren – zu ihm um.

»Es war der Mann, der mich vom Friedhof heimgebracht hat. Ich habe dich von seinem Handy aus angerufen.«

»Verstehe«, erklärte er schulterzuckend.

Gegen ihren Willen rechtfertigte sie sich: »Es hat in Strömen geregnet. Ich konnte doch schlecht zu Fuß quer durch Paris laufen! Und es war nicht das erste Mal, dass du mich vergessen hast.«

Er nickte und murmelte mit säuerlichem Lächeln: »Beim nächsten Mal klappt es ja vielleicht.«

Sprachlos starrte sie ihn an. Mit verärgerter Stimme fuhr er fort:

»Du bist diejenige, die behauptet, ich hätte dich vergessen. Du bist wieder einmal zurückgeblieben, wie üblich. Ich dachte, du würdest mit deiner Freundin Sara fahren.«

Sie protestierte. Immer schob er ihr die Schuld in die

Schuhe, doch jetzt war sie es leid. »Du weißt ganz genau, dass Sara gar nicht da war. Sie hatte einen Termin beim Notar, um einen Kaufvertrag zu unterzeichnen.«

»Nein, tut mir leid, das hatte ich vergessen. Darf ich dich daran erinnern, dass ich heute meine Mutter beerdigt habe? Vielleicht habe ich ja andere Dinge im Kopf als die Zeitpläne deiner Freundinnen. Du bist nicht der Nabel der Welt, Violette!«

Mit diesen Worten verschwand er im Schlafzimmer.

Sie würde nicht weiter darauf eingehen. Es machte ohnehin keinen Sinn. In gewisser Weise verstand sie ihn sogar. Sie stand tatsächlich nie im Mittelpunkt, sondern war nur eine Hausfrau und stillgelegte Mutter. Nie hatte sie ein Gehalt bezogen oder sich um einen Job beworben, nie hatte sie etwas Außergewöhnliches geleistet. Wenn sie ihren Mann einmal in der Werkstatt unten im Haus besuchte und eine Kundin sich mit der Bitte um einen Rat, eine Expertise oder eine Einschätzung an sie wandte, unterbrach er die Dame fast vorwurfsvoll: »Das ist nur meine Ehefrau.« Dann traf sie der herablassende, manchmal misstrauische Blick dieser geschäftigen Bürgerfrauen, die alles wie in einem Krieg frontal in Angriff nahmen – Karriere, Kind, Ehemann und Liebhaber – und unter einem oberflächlichen Lächeln ihre Ängste davor verbargen, dass eines Tages eine andere kommen könnte, die so auftrat wie sie selbst früher, und dass sie dieser Frau ihren Platz überlassen müssten.

Zusammengerollt wie ein Fetus, schlief Violette auf der

Ottomane ein, die Richard eine »Duchesse brisée« nannte. Sie hatte keine Ahnung, wieso sie sich mit diesem Möbelstück identifizierte. Sie hatte nichts von einer Aristokratin und verpflasterte ihre kleinen Risse immer mit viel Sorgfalt. Dennoch spürte sie, wie sich ihre Augen mit Tränen füllten, wenn er den Namen »Duchesse brisée« – »Gebrochene Herzogin« – aussprach. Sie hatte dann das Gefühl, ihre Maske könne fallen.

Am folgenden Tag setzte sich Violette um neunzehn Uhr dreißig in ihr Auto und fuhr los, um ihren Schirm abzuholen.

Als sie die angegebene Adresse erreichte, starrte sie verblüfft auf ihren Zettel. Der Mann hatte zwar von einer Bar gesprochen, dabei allerdings nicht erwähnt, dass diese sich in einem Luxushotel befand. Die Vorstellung, ganz allein hineingehen zu müssen, machte Violette verlegen. Sie setzte ihre zu große Kapuze auf, die ihr bis zu den Augenbrauen reichte, weil sie nicht für ein Callgirl gehalten werden wollte, und drehte mehrere Runden in der Drehtür, ehe sie sich entschloss, die Eingangshalle aus glänzendem Marmor zu betreten. Nachdem sie sich einigermaßen orientiert hatte, ging sie zur Rezeption und musste wegen ihrer vor Scham fast unhörbaren Stimme ihre Frage mehrmals wiederholen: »Wo, bitte, finde ich die Bar?«

Als er sie kommen sah, erhob sich der junge Mann sofort. Mit gesenktem Kopf durchquerte Violette den in gedämpftes Licht getauchten Raum. Sie begrüßten einander. Violette nahm die Hand, die der Mann ihr reichte, und setzte sich auf die äußerste Ecke eines roten Sofas ihm gegenüber. Der Schirm lag zu seinen Füßen.

»Ich heiße übrigens François«, sagte er.

Erst drei Sekunden später antwortete sie: »Gut.« Sie selbst verzichtete darauf, sich vorzustellen. Es war ihr immer unangenehm, in der Öffentlichkeit ihren Vornamen und ihren Familiennamen auszusprechen, die nicht zueinander passten. Violette Domm. Wenn sie die Silben nicht auf fast lächerliche Weise voneinander trennte, hörte es sich an wie *Violetum*, was ihrer Ansicht nach an ein homöopathisches Mittel erinnerte. Und einfach nur Violette war ihr zu vertraulich.

Ohne weiter nachzuhaken, bestellte der junge Mann zwei Gläser Champagner. Ein wenig ungeschickt kramte Violette eine Schachtel glasierte Maronen aus ihrer Handtasche.

»Für Sie.«

Als er sie überrascht anblickte, sagte sie fast entschuldigend:

»In vierzehn Tagen ist Weihnachten.«

»Stimmt! Vielen Dank.«

Er beobachtete sie lange, ehe er mit beinahe beunruhigter Stimme fragte: »Ist Ihnen nicht zu warm?«

»Doch.«

Sie streifte die Kapuze ab, und er half ihr, den Mantel auszuziehen. Wie am Tag zuvor in dem Café am Friedhof tranken sie schweigend. Irgendwann stand der junge Mann auf.

»Ich bestelle uns noch zwei Gläser.«

»Nein … Es wäre unvernünftig … Ich weiß nicht, ob …« Violette bemühte sich, möglichst viel Ausdruck in ihre Auslassungspunkte zu legen, aber er war bereits unterwegs.

Erstaunt stellte sie fest, dass sie sich plötzlich ganz entspannt fühlte. Nein, vernünftig war es nicht, doch sie hatte Lust, diesen so ungewöhnlichen Moment zu genießen, in die Länge zu ziehen und sich etwas völlig Unerwartetes zu gestatten. Noch nie zuvor hatte sie sich in der gedämpften Atmosphäre einer Piano-Bar aufgehalten, und schon gar nicht an einem Ort, an dem geschäftliche Gespräche in unmittelbarer Nähe von verstohlenen Tête-à-Têtes stattfanden. Abgesehen von den achtzehn Ferientagen, die sie immer in den Cevennen verbrachten, wo Richard von seinem Vater einen kleinen Bauernhof geerbt hatte – achtzehn Tage mit Wanderungen, viel frischer Luft und großer Ruhe –, gingen sie so gut wie nie aus.

Der Kellner stellte zwei Schalen vor Violette auf den Tisch. Nach kurzem Zögern griff sie wie ein kleines Mädchen nach den Mandeln und Oliven und dachte dabei flüchtig an ihren Mann, der wahrscheinlich jetzt gerade wie jeden Donnerstagabend heftig beim Squash schwitzte. Er hatte abgewartet, bis dieser Sport aus der Mode kam, ehe er ein Fan davon wurde. So war er nun einmal: stolz darauf, altmodisch zu sein, und froh darüber, sich einzigartig zu fühlen. Es bereitete Violette ein seltsames Vergnügen, sich ihn verschwitzt zwischen vier kahlen Wänden vorzustellen, wo er mit einem albernen Schläger versuchte, den Sprüngen eines Hundebällchens Paroli zu bieten. Der Sport gestatte ihm, »seinen Kopf zu leeren«, sagte er immer. Aber womit war er angefüllt?

Violette trank ihr zweites Glas, steckte sich Mandeln und Oliven in den Mund und lauschte mit geschlossenen Augen einem Stück von Rachmaninoff. Als der Pianist endete und sie die Augen wieder öffnete, stellte sie fest, dass der junge Mann nicht zurückgekommen war. Nach einigen enttäuschten und verlegenen Minuten des Wartens bat sie leise um die Rechnung. Der Kellner antwortete:

»Ihre Rechnung geht auf den Pianisten, Madame.«

»Auf den Pianisten?«, fragte sie erstaunt.

Sie neigte sich ein Stück nach rechts, um hinter einer Grünpflanze einen Blick auf ihn zu erhaschen. Er wandte sich zu ihr um, und sie erkannte überrascht, aber beruhigt den jungen François, dessen Namen sie nun zum ersten Mal in Gedanken aussprach. Er lächelte ihr zu. Unter seinen Händen wechselte die Melodie nun das Tempo, und Rachmaninoff verwandelte sich sanft in einen zärtlichen, nostalgischen Blues.

Violette ließ sich von den unbekannten Akkorden gefangen nehmen. Sie schienen ihr zu ähneln und sprachen von einer zerbrochenen Freude tief in ihrem Innern, die flehentlich darum bat, wiederauferstehen zu dürfen. Ein überraschend klares Bild stieg vor ihren Augen auf. In ihrem Tagtraum sah sie sich selbst beim Schreiben von Worten, die zu diesen Noten passten. Sie reichte François ein Blatt, und er veränderte seine Partitur. Das alles geschah bei ihr zu Hause vor dem Klavier im Flur. Richard war nicht dabei. Die Vision war schockierend wie ein Warntraum und präzise wie eine Erinnerung.

Die Erscheinung verschwand, als sich die musikalische Färbung änderte. Nun spielte François eine Melodie aus *La Traviata*, wunderschön und voll tiefer Verzweiflung.

Während seiner Pause setzte er sich neben Violette auf das rote Sofa. Sie putzte sich die Nase.

»Alles in Ordnung?« Er wirkte beunruhigt.

Sie erklärte, dass *La Traviata* sie immer so anrühre. Er bat sie um Entschuldigung, aber sie erwiderte: »Gerade das gefällt mir.« Noch immer mit Tränen in den Augen fügte sie sozusagen als mildernden Umstand für ihn hinzu, dass er sehr gut spiele.

Mit skeptischem Blick entgegnete er: »Das Klavier hat keinen guten Klang, aber Sie sehen wunderschön aus, wenn Sie Verdi hören.«

Sie protestierte, ohne genau zu wissen, wogegen. Doch dann lächelte sie und – lag es an dem Kompliment, am Champagner oder an der Musik? – lehnte ihre Stirn flüchtig an seine Schulter. Nicht, weil sie geküsst werden wollte, sondern weil ihr Kopf plötzlich schwer wurde und sie sich schrecklich verloren und einsam fühlte. Er schien es zu verstehen und hielt ganz still.

Plötzlich spürte sie, wie ihr Handy vibrierte. Sie ignorierte es. Es war so weit: Richard verließ das Sportstudio, würde gleich nach Hause kommen, etwas essen wollen und schlafen gehen.

»Nehmen Sie das Gespräch ruhig an«, murmelte François.

Sie antwortete: »Schon gut, das ist mein Mann. Er will nur Bescheid sagen, dass er mit dem Squash fertig ist.«

Sie zog ihren Mantel an, setzte die Kapuze auf, reichte François die Hand, um sich zu verabschieden und für Verdi zu bedanken, und verließ die Bar mit ihrem Regenschirm.

Die Lebensfreude kehrte auf dem Gehsteig zu ihr zurück. Während sie die Stufen zur Tiefgarage hinunterstieg, umklammerte sie ihren Schirm und rief sich jeden Augenblick des Treffens ins Gedächtnis zurück. Ja, bei Verdi wurde sie schön. Sicher hatte François recht. Ein einziges Mal hatte sie *La Traviata* zusammen mit ihrem Mann gesehen, der sich damit begnügt hatte, ihr ein Taschentuch zu reichen.

Sie summte die Klagen ihrer Namensvetterin Violetta aus der Oper. Doch dieses Mal kamen ihr keine Tränen. Ein Lächeln glitt über ihre Lippen und blieb. Im Auto fühlte sie sich plötzlich, als wäre sie wieder fünfzehn Jahre alt. Sie hatte keine Ahnung von Männern und noch das ganze Leben vor sich.

Als sie die Wohnungstür aufschloss, kehrte sie jäh auf den Boden der Tatsachen zurück. Hier war ihr wirklicher Platz im Leben: im Hintergrund, zwischen ihrem Mann und den Möbeln, die er restaurierte. Seine Tätigkeit war eine einsame Arbeit, die Menschen wortkarg machte. Nach einiger Zeit äußerte man nur noch das Nötigste: Ich habe Hunger. Es regnet. Wir müssen den Klempner noch einmal anrufen. Es hatte nichts mit ihr zu tun und sollte sicher keine Kränkung sein. Aber im Gegenzug hatte auch sie sich verschlossen, dessen war Violette sich wohl bewusst. Nichts ist ansteckender als Schweigen.

Um Richard zu überraschen und ihm und seiner Leidenschaft wieder näherzukommen, hatte sie eines Tages versucht, den in den Keller verbannten Kindersessel ihrer Tochter aufzuarbeiten. Aber es fehlte ihr an Geduld und Konzentration. Ständig war sie mit ihren Gedanken woanders, oder sie träumte, wie ihr Mann zu sagen pflegte. Schon nach zehn Minuten, nachdem sie mit Mühe und Not drei Polsternägel gelöst hatte, setzte sie sich und dachte über die verrinnende Zeit nach. Der Kindersessel brach unter ihr zusammen. Entmutigt entschuldigte sie sich bei ihm, gab ihm seine drei Polsternägel zurück und versprach ihm, ihn eines Tages zu reparieren.

Im Flur wandte sie die Augen von dem verstimmten Klavier ab, das nur noch als Ausstellungsfläche für eine Sammlung alter Kaffeemühlen diente. Als sie das Esszimmer betrat, verbannte sie François aus ihren Gedanken.

»Wie war es beim Squash?«

»Sehr gut. Und was ist mit dir? Hast du deinen Schirm zurück?«, erkundigte er sich und steckte sich noch ein Stück Ziegenkäse in den Mund.

»Ja. Etwas Obst?«

»Nein, heute Abend nicht. Ich hätte gern ein Kaffeeparfait.«

»Ist keins mehr da. Morgen kaufe ich neues.«

»Manchmal frage ich mich, was du den ganzen Tag so treibst. Du hast doch nichts anderes zu tun, als dich um den Haushalt zu kümmern. Trotzdem fehlt ständig etwas. Übrigens ersetze ich morgen Nachmittag die Scheibe, die du zerbrochen hast.«

Violette begann, den Käse einzupacken, und wartete darauf, dass Richard ihr wie üblich die genaue Zeit der Reparatur mitteilen würde.

»Nachmittags um fünf. Ich hoffe, es ist noch Lindenblütentee da?«

Sie nickte. Die wenigen Worte, die er äußerte, schafften es immer wieder, sie zu verunsichern. Jedes Mal befürchtete sie, seinen Anforderungen nicht gerecht zu werden. Um sich zu beruhigen, versuchte sie es mit einer zärtlichen Geste. Sie streichelte ihm sanft über den Kopf und hoffte, er würde sie wie früher um die Taille fassen und fest an sich ziehen. Doch er reagierte abwehrend.

»Lass das! Ich will nicht, dass meine Haare nach Käse riechen. Ich habe sie gerade erst gewaschen.«

Sie nahm das Tablett und ging hinaus. Früher hatte sie ihn noch berühren dürfen, ohne sich vorher erst die Hände zu desinfizieren. Aber so geht es wohl, wenn die Zeit verstreicht.

»Reizbar«, »distanziert« und manchmal sogar »aggressiv« – diese drei Adjektive kreisten zum Blubbern des Wasserkochers in Violettes Kopf. Warum wollte Richard überhaupt Lindenblütentee? Als brauchte er einen Schlaftrunk – ausgerechnet er, der immer sofort einschlief, sobald sein Kopf das Kissen berührte! In ihrem Kingsize-Bett konnte sie ihn nicht einmal streicheln, wenn sie den Arm ausstreckte. Ihre Hand traf ins Leere, weil er so weit am Rand schlief, dass er fast aus dem Bett zu fallen drohte. Seit Langem genoss er das Spiel ihrer Körper nicht mehr. Zärtlichkeiten kitzelten ihn, und Liebesstellungen verursachten ihm Krämpfe. Sie hatte aufgehört, es zu versuchen. »Alles hat seine Zeit«, sagte er. Durchaus möglich – aber was hatte heute seine Zeit?

Mit dem Tablett in der Hand verließ sie die Küche und gab im Flur gut acht, nicht gegen die alten Möbel zu stoßen, die im Lauf der Jahre ihren Lebensraum erobert hatten. Sie beobachtete, wie Richard den Krimskrams musterte, der nun ungeschützt auf den Regalbrettern des »Napoleon III.« stand.

»Nie im Leben werde ich eine passende Scheibe mit Facettenschliff finden. Eine wie die, die du zerbrochen hast ...«

Es war der eine Satz zu viel. Violette breitete die Hände aus, das Tablett krachte zu Boden.

»Ich weiß, dass ich sie zerbrochen habe. Du wiederholst es jetzt bereits zum fünfzehnten Mal!«, fuhr sie ihn wütend an. »Was würdest du tun, wenn ich auf die Idee käme, mir die Pulsadern aufzuschneiden? Als Erstes den Allzweckreiniger holen und den Parkettboden aufwischen?«

Diesen Ton kannte er nicht an ihr. Er blickte sie gekränkt an. Violette stürzte in die Küche und schloss sich ein. Sie konnte kaum fassen, was sie getan hatte, und wartete auf die Vergeltung. Ihr war klar, dass sie sich kindisch verhalten hatte. Trotz aller Vernunft schaffte sie es nicht, die alten Ängste zu besiegen, man könne sie zurückweisen oder gar bestrafen, wenn sie nicht genau das tat, was man von ihr erwartete. Aber zu ihrer großen Überraschung geschah überhaupt nichts. Alles blieb still. Schließlich hörte sie das Geräusch der ins Schloss fallenden Eingangstür.

Violette wusste genau, wo Richard hinging, um Trost zu finden. Es gibt Menschen, die haben einen Freund, einen Hund oder eine Katze – bei Richard waren es sein Hobel, seine Bolzen, seine Zapfen und sein Furnierpapier. Von diesen Dingen wurde er zumindest nie enttäuscht, und er konnte sich ihnen von ganzem Herzen hingeben. Holz machte weder Vorwürfe, noch verlangte es etwas, und niemand blieb traurig und einsam zurück, wenn es starb. Der »Napoleon III.« ist ein Einrichtungsgegenstand, sonst nichts, sagte sie sich. Verärgert über ihre Dummheit, verließ Violette die Küche. Ehe sie in ihren Mantel schlüpfte, hob sie immerhin das Tablett auf, das noch auf dem Boden lag. Und dann wischte sie auch gleich noch die Pfütze aus Lindenblütentee fort.

Sie ging hinunter in den Innenhof des Wohnblocks, wo sich die Werkstatt befand. Drinnen brannte Licht. Violette stieß die Tür auf. Mit starrem Blick saß Richard in seinem Ohrensessel, der ihn von der Welt abschottete. Sie trat auf ihn zu und bat ihn mit schüchterner Stimme um Verzeihung.

»Nicht doch«, murmelte er. »Es liegt an mir.«

Spontan kniete sie sich vor ihn und legte den Kopf in seinen Schoß.

»Was ist passiert, Richard? Warum ist alles so anders als früher?«

Er antwortete nicht, stieß sie aber auch nicht zurück. Sie fragte nicht weiter. Sie verharrten reglos, betäubt vom Geruch nach Terpentin und Trichlorethylen, der die gesamte Werkstatt durchdrang. Violette zitterte, als sie einen Schrank knacken hörte. Im Gegensatz zu Richard hatte sie sich unter all diesen alten Dingen niemals wohlgefühlt. Was mochten sie gesehen haben? Was mochten sie gehört haben? Sie stellte sich immer das Schlimmste vor. Wie viele Qualen hatten die geschnitzten Kopfbretter der Betten miterlebt, wie viele unglückliche Lieben, wie viel resignierte Einsamkeit und nie erhörte Hilferufe ruhten in den Schubladen der Kommoden und den Doppelböden der Sekretäre …

Sie hob den Kopf, um ihrem Mann zu sagen, dass sie doch immerhin zu zweit waren und sicher noch eine Chance hatten, doch er war eingeschlafen.

Lange überlegte sie, was zwischen ihnen anders geworden war. Waren sie überhaupt je wirklich glücklich gewesen? Oder hatten sich nur ihre eigenen enttäuschten Hoffnungen in Sehnsucht verwandelt?

Violette ließ den Kopf wieder auf Richards Knie sinken und dachte an François – an seine Stimme, an Verdi, an seine Hände – und verwünschte sich einmal mehr. Wie hatte sie nur so zerstreut sein können, ihm ihre Telefonnummer nicht zu geben? Wenn er sie wiedersehen wollte, blieb ihm nur die Nummer ihres Mannes.

Violette hatte sich zu einem echten Problem für François entwickelt. Zu Beginn hatte er einfach nur die Absicht gehabt, sie moralisch zu vernichten. Als er sie jedoch näher kennenlernte, erschien sie ihm ebenso bemitleidenswert wie er selbst. Er begann, sich zu überlegen, ob er nicht besser ihr Liebhaber werden sollte, anstatt sich zu ihrem Henker zu machen.

Seit drei Wochen folgte er ihr und hatte nur auf den richtigen Moment gewartet, sie anzusprechen. Der Friedhof hatte sich eher überraschend angeboten, aber die Umstände waren günstig gewesen. Einen Ehemann, der seine Frau vergaß, traf man nicht allzu häufig. Weil es sich aber um Richard Domm handelte, wunderte es François kaum. Die Idee, Violettes Schirm unter den Autositz zu schieben, erschien ihm gut, obwohl sie ein gewisses Risiko barg: Wäre Violette wirklich damit einverstanden, sich mit ihm zu treffen?

Als er sie, in ihren Mantel eingemummelt und mit ihrer viel zu großen Kapuze, gleichzeitig entschlossen und unauffällig die Bar betreten sah, musste er unwillkürlich an die Verzweiflung seiner Mutter denken. Doch damit hörte die Ähnlichkeit auch schon auf.

Von Anfang an waren ihm Violettes stille Art und ihre um Liebe flehenden Augen sympathisch. Als sie sich an seine Schulter lehnte, musste er sich zurückhalten, sie nicht zu küssen. Doch sie war nicht die Art Frau, die man brüskieren durfte. Man musste sie zähmen wie ein kleines Tier – ganz vorsichtig. Man musste ihr Gelegenheit geben, sich zu sträuben, selbst die Initiative zu ergreifen, zu träumen, sich Dinge vorzustellen und die Orientierung zu verlieren. Und man musste sie vor allem warten lassen.

Morgen oder übermorgen würde er erneut Zufall spielen. Er würde sie überraschen, verwirren und sie zum Lachen bringen. Nicht mehr. Später würde er je nach Laune improvisieren, wie er es auch am Klavier tat.

Seine Rachegelüste hatten sich in Begehren verwandelt. Die Rache wäre später die unvermeidliche Folge. Jede Nacht auf seiner Schlafcouch spielte er in seiner Fantasie *La Traviata*, ehe er Violette langsam, geduldig und grausam liebte. Die Zeit arbeitete zu seinen Gunsten. Die nächste Frist hatte er sich bereits gesetzt.

Er würde einen Abend auswählen, wenn es bereits dunkel geworden war, am besten wenige Tage vor dem Fest. Er war sich ganz sicher, dass eine zerbrechliche Frau zu Weihnachten zugänglicher wäre.

Zunächst aber griff er zu seinem Telefon, unterdrückte die Rufnummer und übte ein wenig, mit verstellter Stimme zu sprechen. Dann rief er Richard Domm an.

Als Violette die Werkstatt betrat, klappte Richard hastig sein Telefon zu. Violette gab vor, nichts bemerkt zu haben.

»Ich gehe mit Sara essen. Brauchst du irgendetwas?«

»Viel Spaß. Und vergiss nicht, Kaffeeparfaits zu kaufen.«

Gereizt verweigerte sie die Antwort. Hätte sie sich getraut, hätte sie ihn gern gefragt: »Warum legst du auf, wenn ich hereinkomme?« Aber das hätte lächerlich ausgesehen. Wahrscheinlich war es ein Kunde gewesen. Violette ertappte sich dabei zu bedauern, dass es sich vermutlich nicht um eine Geliebte handelte. Wenigstens hätte sie sich dann betroffen fühlen können.

Seit sie ihren Kopf auf François' Schulter gelegt hatte, erkannte sie sich nicht wieder. Es war ein wenig beunruhigend, aber sie mochte das Gefühl.

Vor einer roten Ampel ließ sie die Scheibe herunter und zündete sich eine Zigarette an. Violette rauchte grundsätzlich nur außerhalb des Hauses. Wegen der Möbel.

Richard predigte immer, wie schädlich es für die alten Stücke war. Tabakdünste konnten in Bezugsstoffe eindringen, und wenn einmal eine Kippe auf Mahagoni fiel, blieb der Brandfleck für immer sichtbar. Als Violette ihr Feuerzeug betätigte, dachte sie an den jungen Pianisten. Sie bereute es, ihm glasierte Maronen geschenkt zu haben, denn die waren Richards Lieblingsleckerei. Violette hatte sie gekauft, ohne lange nachzudenken, und ärgerte sich jetzt darüber. In ihren ersten Ehejahren hatte Richard in der Weihnachtszeit jeden Abend fünf oder sieben solcher Maronen gegessen. Immer eine ungerade Anzahl, wie man auch Rosen kauft. Aber so war eine gute Erziehung nun einmal – voller Geheimcodes, die später kein Mensch mehr entziffern konnte. Sie hatte diese Gemeinsamkeit stets für Ähnlichkeit gehalten.

Damals war sie noch der Meinung gewesen, dass ihr Leben ein einfacher und gerader Weg bis hin zum Tod sein würde. Wenn sie von den vielen Scheidungen hörte, hatte sie ihre Ehe immer für beispielhaft befunden. Aber mit der Zeit kamen ihr Zweifel. Immer häufiger beobachtete sie die betroffenen Menschen. Sie schienen trotz der Trennung glücklich zu sein, manchmal sogar strahlender als zuvor. Die wenigen Freunde, die Richard und ihr die neuen Partner vorstellten, verhielten sich haargenau so wie bei den vorigen, als hätte sich außer dem Vornamen der Partner nichts geändert. Und doch wirkten sie wie neugeboren.

Andererseits bevorzugte Richard inzwischen längst Kaffeeparfaits. Die glasierten Maronen hatten nichts mehr mit ihnen als Paar zu tun. Dadurch bekamen sie eine neue Frische und eine Freiheit, die Violette mit der Freiheit ihrer geschiedenen Freunde verglich, die ein neues Leben begonnen hatten. Darüber musste sie lächeln.

»Wird's bald, blöde Kuh?«

Violette schrak kurz zusammen, ehe sie bedächtig antwortete: »Leck mich, Blödmann!« In aller Gemütsruhe zeigte sie dem verblüfften Typen im Cabrio den Stinkefinger und legte einen Kavalierstart hin. Wenn jemand sie auf diese Weise ansprach, konnte sie äußern, was sie empfand. Sie hatte keine Angst, zurückgewiesen zu werden, denn sie war ja eine Unbekannte.

Leider passierte so etwas nicht sehr häufig.

Richard ging durch die Hölle, aber er zeigte es nicht. Er musste Violette schützen, ihr gemeinsames Leben schützen. Das war alles, was zählte. Nie hätte er gedacht, dass ihm so viel an seiner Ehe liegen würde oder an seiner Familie, die er für zerbrochen gehalten hatte, nachdem Céline ausgezogen war. Er liebte Violette, dessen war er sich jetzt ganz sicher. Doch würde er ihr seine Gefühle plötzlich offen zeigen, kämen ihr sicher große Zweifel. Sie würde sofort spüren, dass er sich etwas vorzuwerfen hatte. Frauen hatten feine Antennen für solche Dinge.

Und so zwang er sich, unausstehlich zu bleiben. Er bekam es ganz gut hin; dabei musste er sich letztendlich nicht einmal besonders anstrengen.

Zunächst galt es, Zeit zu gewinnen und den Angriff abzuwehren. Gegenangriff schien ihm das geeignete Mittel zu sein, obwohl noch nichts entschieden war. Vor allem musste er sich jedes naturgegebene Gefühl verbieten, das ihn nur schwächen würde. Gut, dass Violette mit ihrer Freundin Sara essen ging! Zum ersten Mal empfand er so etwas wie Dankbarkeit für diese rothaarige Frau mit dem Körper eines Catchers, die die Armlehne eines Sessels abgebrochen hatte, als sie das letzte Mal bei ihnen zum Aperitif eingeladen gewesen war. Seither verlangte Richard, dass Violette sie außerhalb der Wohnung traf. Und an diesem Tag kam es ihm ganz besonders gelegen.

Ich lernte Sara im achten Monat meiner Schwangerschaft kennen. Ich stand bei brütender Hitze als Erste in einer Schlange von Leuten, die auf ein Taxi warteten. Als endlich eines kam, öffnete der Typ hinter mir die Wagentür. Zunächst dachte ich, es sei reine Höflichkeit, doch er schlüpfte hastig auf den Rücksitz. Eine große, rothaarige Frau stürzte sich auf ihn und zerrte ihn mit roher Gewalt aus dem Auto. Innerhalb einer Sekunde saß er auf dem Gehsteig. Als er versuchte, sich zu verteidigen, blickte sie ihm mit ruhiger Autorität in die Augen und erklärte, sie sei im Besitz eines Schwarzen Gürtels im Judo. Anschließend wandte sie sich zu mir um. Als sie sah, dass ich am ganzen Körper zitterte, bot sie mir an, mich zu begleiten, falls ich im Taxi niederkäme. In diesem Augenblick wurde ich ohnmächtig. Und ebenfalls in diesem Augenblick begann unsere Freundschaft.

Ich schaue Sara gern an. Ich finde sie schön, intelligent, witzig und unglaublich stark. Irgendwie lebe ich ihr Leben stellvertretend mit, aber das weiß sie nicht. Als sie mir mitteilte, dass ihr Mann sich von ihr getrennt hatte, bekam ich Bauchschmerzen. Wie kann man eine solche Frau verlassen? Ich war bei ihr in ihrer großen, halb leeren Wohnung und sah ihr bewundernd zu, wie sie mit erzwungener Leichtigkeit ihre Habseligkeiten aussortierte. Für mich wurde die Situation dadurch noch schwerer erträglich.

»Er hat Gewissensbisse, und das ist schon einmal nicht schlecht. Eigentlich verlange ich nur, dass er immer für die Kinder da ist.«

Schritt für Schritt folgte ich ihr durch die Neuordnung ihres Lebens. Ihre heitere Entschlossenheit verblüffte mich. Sie schnappte sich die beiden Kinder, lieh sich Geld, verkaufte ihren Schmuck und möblierte eine neue Wohnung, ohne je auch nur eine Träne zu vergießen. Ich musste mich zusammennehmen, um nicht jedes Mal loszuheulen, wenn sich ein Paar in ihrer Gegenwart küsste. Ich hatte Angst, der Anblick könne bei ihr Erinnerungen heraufbeschwören, aber entweder bemerkte sie es nicht, oder sie ignorierte es. Im vergangenen Jahr schließlich traf sie beim Metzger einen Witwer, in den sie sich Hals über Kopf verliebte. Es war der schönste Tag meines Lebens.

Ich aß mein Schokoladeneis. Immer noch traute ich mich nicht, ihr zu sagen, dass Richard sich seit einigen Monaten sehr verändert hatte und dass ich ihren Rat brauchte. Irgendwann schaffte ich es, zwischen zwei Löffeln Eiscreme zu murmeln:

»Sara, ich langweile mich. Ich habe den Eindruck, dass mein Leben auf der Stelle tritt und ich nur noch Statistin bin.«

Weil es mir peinlich war, fügte ich nicht hinzu, dass ich nicht mehr mit Richard schlief, dass er sich mir nicht anvertraute und dass ich nicht wusste, ob er krank war, fremdging oder mich einfach nur satthatte.

»Statistin? Als was denn? Du hast doch überhaupt nichts erlebt. Willst du mir gerade mitteilen, dass du vorhast, dich umzubringen?«

An Sara hat mir von jeher ihre ganz besondere Art gefallen, mich wieder aufzumöbeln.

»Weißt du, ein Selbstmord setzt voraus, dass du alles richtig machst. Nichts darf missglücken, sonst wirkt es wie ein Hilferuf. Aber selbst wenn es dir gelingt, denken die Leute hinterher nur: Ach, die Ärmste, man konnte sehen, dass es ihr nicht gut ging, und eigentlich war sie immer schon ein bisschen komisch … Und dann beeilen sie sich, dich zu vergessen. Ganz ehrlich, ich sehe keinen Sinn darin.«

Beschämt senkte ich den Kopf. Sara hatte recht. Wer außer ihr würde sich schon die Zeit nehmen, mich ab und zu auf dem Friedhof zu besuchen?

Sie hob mein Kinn an und fuhr fort:

»Verflixt noch mal, geh in einen Verein, such dir eine Arbeit – es darf ruhig eine bezahlte sein –, und zeig endlich Interesse an anderen Leuten! Begleite mich doch einfach mal bei einer Wohnungsbesichtigung. So etwas bildet ungemein in Menschenkenntnis. Du bist nämlich ganz schön neben der Spur.«

Ich zuckte zusammen, was ihr keineswegs entging. Ungezwungen fuhr sie fort:

»Dann brauchst du auch nicht ständig zu Hause herumzusitzen und zu putzen, weil du um Vergebung für was auch immer bettelst.«

Dieser letzte Satz brachte mich dazu, Ja zu sagen. Denn sie hatte recht. Ich wienerte wie verrückt, damit die Dinge an meiner Stelle glänzten.

»Einverstanden.«

»Prima. Und wenn du im April noch unter den Lebenden weilst, muss ich mir wenigstens keine andere Trauzeugin suchen.«

»Du willst wieder heiraten?«, rief ich mit zugeschnürter Kehle.

»Na ja, die Kinder studieren jetzt, und da habe ich mir gesagt: Warum eigentlich nicht?«

Ich leerte mein Glas Burgunder in einem Zug. Ihre Entschlusskraft färbte auf mich ab, und ich antwortete:

»Du hast recht. Warum eigentlich nicht?«

Ich dachte an François und überlegte mir, dass auch ich wenigstens einmal im Leben das Recht auf eine kleine Entgleisung haben sollte. Bei Richard hatte ich ohnehin die Hoffnung aufgegeben. Er war unausstehlich geworden. Es gab wahrscheinlich nur eine Möglichkeit, unsere Ehe zu retten: Ich musste mir etwas vorzuwerfen haben. Dann wäre er wenigstens nicht mehr ungerecht.

Genau das sagte sich Violette, während sie am achtzehnten Dezember ihr Schokoladeneis löffelte. Das war, bevor sich die Ereignisse überschlugen.

François' Leben war vor drei Monaten durcheinandergeraten, als er einen Anruf vom Krankenhaus Cochin bekommen hatte: Seine Mutter war als Notfall eingeliefert worden. Seit dem Sommer hatte er sie nicht mehr gesehen. Jedes Mal, wenn er sie auf ihrem Mobiltelefon anrief, sagte sie: »Ich bin immer noch bei meiner Freundin Nicole in der Bretagne. Luft und Essen sind gut, und wir spielen oft Karten. Mach dir keine Sorgen, mein kleiner François. Ich rufe dich an, sobald ich zurück bin.«

Er fuhr in ihre Wohnung, um die Versicherungskarte zu holen, die vom Krankenhaus verlangt wurde. Beklommen betrat er die kleine Zwei-Zimmer-Wohnung, in der er seine gesamte Kindheit verbracht hatte. Das Bett war nicht gemacht, auf einem Stuhl lag ein Berg Kleider, in der Spüle stapelte sich benutztes Geschirr, ein Topf mit Angebranntem stand auf dem Tisch. Erschrocken glaubte er einen Moment, er habe sich im Stockwerk geirrt. Seine Mutter, die immer so ordentlich gewesen und so pfleglich mit allem umgegangen war! Auf der Suche nach ihren Papieren stellte François die gesamte Wohnung auf den Kopf. Vergeblich.

Als er eine zerknüllte Decke vom Boden aufhob, entdeckte er unter dem Bett eine alte Blechdose. Er öffnete sie. Inmitten von Rechnungen, Kontoauszügen und Kinderfotos von ihm fand er die Versicherungskarte. Als er die Dose gerade wieder schließen wollte, entdeckte er einen dicken Umschlag, der mit einem verblichenen blauen Band umwickelt war. Trotz einer gewissen Scham, in die Privatsphäre seiner Mutter einzudringen, nahm er den Umschlag an sich. Er trug weder Briefmarke noch Adresse, nur sein Name *François* stand in ihrer runden, emsigen Handschrift auf dem Papier. Eine düstere Vorahnung hielt ihn davon ab, den Umschlag sofort aufzureißen.

Warum ein Brief? Welche Geheimnisse hätten sie voreinander haben können? Er ließ sich an der Wand hinuntergleiten. Jetzt erst öffnete er langsam und vorsichtig das Kuvert. Das Erste, was ihm entgegenfiel, waren dicke Geldbündel. Schließlich entdeckte er den auf kariertes Papier geschriebenen und ordentlich zusammengefalteten Brief.

Mein Liebling,

meine klaren Momente werden immer seltener, und deshalb schreibe ich dir, solange ich noch einigermaßen vernünftig denken kann. Wenn ich sterbe, solltest du das Recht haben zu erfahren, wer dein Vater ist. Zwar habe ich dir immer erzählt, er sei gestorben, ehe er dich als seinen Sohn anerkennen konnte. Doch das stimmt nicht. Er lebt, aber er weiß nichts von deiner Existenz.

Sein Name ist Richard Domm. Ich führte damals den Haushalt bei seinen Eltern im fünfzehnten Arrondissement, wo er laut Telefonbuch heute noch lebt. In diesem Umschlag findest du achttausend Euro. Es entspricht der Summe in Francs, die er mir damals gab, um dich abtreiben zu lassen. Ich hätte dazu in die Schweiz fahren müssen, weil ich über die Dreimonatsfrist hinaus war. Das Geld gehört dir. Ich hatte es für deine Ausbildung am Konservatorium zur Sparkasse gebracht, aber du hast ja schnell wieder damit aufgehört.

Sei deinem Vater bitte nicht böse! Er hatte keine andere Wahl, ich jedoch auch nicht. Eigentlich waren wir uns einig, was die Abtreibung betraf, aber im letzten Moment konnte ich es dann doch nicht tun. Nach deiner Geburt zog ich in ein anderes Arrondissement. Ich verschwand aus dem Leben deines Vaters und behielt dich für mich. Und zwar heimlich. Endlich gab es etwas, das ganz allein mir gehörte. Ich weiß, dass ich dir keine sehr gute Mutter und obendrein nicht besonders salonfähig war, und ich frage mich noch immer, woher du deine außergewöhnliche Begabung hast. Das wollte ich dir nur sagen, mein Liebling. Wenn du diesen Brief liest, lebe ich wahrscheinlich nicht mehr. Trotzdem ist es wie eine Befreiung für mich.

Ich wollte dich nicht mit Geschichten über meinen Hirntumor belasten, zumal ohnehin nichts mehr zu machen ist. Solange ich noch laufen konnte, kam ich manchmal heimlich in die Hotelbar und habe dir zugehört. Du hast mich mit deinem Klavierspiel zum Weinen gebracht. Schade, dass du aus deinem Talent nichts gemacht hast, außer dass du für Leute spielst, die reden, anstatt dir zuzuhören. So, nun habe ich dir alles gesagt, und vielleicht kann ich diese Nacht endlich einmal schlafen. Bitte sei deiner Mama nicht böse, die alles getan hat, um dich zu beschützen und dir ein so mittelmäßiges Leben wie ihr eigenes zu ersparen, auch wenn es manchmal nicht danach aussah. Jetzt, da du einen Vater hast, wird vielleicht alles besser. Mehr kann ich dir nicht hinterlassen, mein François.

Deine Mama, die dich sehr lieb hat

François fühlte sich wie vernichtet. Niedergeschlagen schloss er die Augen. Erst nach einer geraumen Weile stand er auf, steckte den Brief ein, nahm die Versicherungskarte an sich und machte sich hastig auf den Weg zum Krankenhaus.

Die junge Krankenschwester im dritten Stock warf ihm einen verärgerten Blick zu. »Sie sind ihr Sohn?«

»Ja. Wie geht es ihr?«

»Zimmer dreihundertneun, am Ende des Flurs.«

»Ich habe Sie gefragt, wie es ihr geht«, wiederholte er unglücklich. Dennoch klang sein Ton aggressiv.

Sie seufzte und antwortete mit neutraler Stimme: »Mal so, mal so. Seit wann haben Sie sie nicht mehr gesehen?«

»Seit drei Wochen, vielleicht einem Monat. Sie war bei einer Freundin in der Bretagne.«

Die Schwester hob skeptisch die Augenbrauen. »In ihrem Zustand?«

»Hören Sie, ich hatte doch keine Ahnung. Sie hat mir immer versichert, dass es ihr gut ginge. Jetzt gerade erst habe ich einen Brief gefunden, in dem sie von einem Tumor spricht … Wie schlimm ist es? Ist er operabel?«

Die junge Krankenschwester wich seinem Blick nicht aus. Schließlich schaute sie sich kurz um und murmelte dann: »Wahrscheinlich werden Sie sie kaum wiedererkennen …«

Auf seinen verängstigten Gesichtsausdruck hin beeilte sie sich, ihn zu beruhigen. »Na ja, wahrscheinlich doch. Und vielleicht erkennt sie Sie ja auch. Es gibt schließlich Tage, da erinnert sie sich sogar an meinen Namen.«

Zimmer dreihundertneun lag am Ende eines langen Korridors gleich neben der Nottreppe. François zögerte lange, ehe er die Klinke hinunterdrückte. Er wappnete sich gegen den Schock und versuchte, das Unvermeidliche hinauszuzögern.

Schließlich trat er ein. Seine Nervosität war schlimmer

als am Tag der Aufnahmeprüfung am Konservatorium. Seine Mutter lag reglos in einem Bett am Fenster. Die Haare klebten ihr am Schädel, und in ihrem linken Arm steckte eine Infusionsnadel.

»Hallo, Mama. Ich bin es, François«, sagte er mit zugeschnürter Kehle.

Sie wandte ihm den Kopf zu, blickte ihn mit ihren haselnussbraunen Augen an und lächelte stumm.

Was hatte die Schwester ihm da erzählt? Es war unmöglich, dass sie ihn nicht erkannte. Sie hatte ihn immer so sehr geliebt. Und schließlich sprach sie. Ihre Stimme klang ein wenig rau, aber sonst wie immer.

»Du heißt François.«

Er biss sich auf die Lippen. Irgendetwas mit ihrem Blick stimmte nicht. Sie schaute ihn an, ohne ihn zu sehen. Mit präziser, eigensinniger Stimme fuhr sie fort:

»Ich hatte einmal einen Sohn, der hieß auch François … Aber er ist ganz jung gestorben …«

François fühlte sich am Boden zerstört. Ein kleiner Satz, der fünfundzwanzig Jahre seines Lebens ungeschehen und ihn zu einem Toten machte.

Sie verstummte, und ihr Blick glitt ins Leere.

Umständlich besorgte er sich einen Stuhl von der Seite des anderen, leeren Bettes an der Flurseite, damit sie ihn nicht weinen sah. Schließlich setzte er sich ganz nah neben sie. Die Knie lehnte er an den Hebel, mit dem Kopf- und Fußteil bewegt werden konnten.

Er nahm ihre kalten, abgearbeiteten Hände in seine und erinnerte sich, wie sie mit diesen Händen Fliesen, Parkett und Korkböden in fremden Wohnungen gewienert hatte, um ihm eine gute Schulbildung ermöglichen und die Klavierstunden bezahlen zu können. Mittwochs und samstags nachmittags hatte er immer gewartet, bis sie fertig war. Er hatte bei den *Leuten* auf dem Fußboden gesessen und seine Musiktheorie studiert.

Zu seinem Schmerz gesellten sich unmerklich ein gewisses Unverständnis und ein heimlicher Groll. Dass seine Mutter ihm die Existenz seines Vaters verschwiegen hatte, ging ja noch an, aber warum hatte sie ihm nichts von ihrer Krankheit erzählt? Sie in dieser schweren Zeit zu begleiten hätte ihm ein Ziel und eine gewisse Rechtfertigung gegeben. Doch dadurch, dass sie ihn unbedingt schonen wollte, hatte sie ihn völlig nutzlos gemacht. Schon als Jugendlicher hatte er ihretwegen seine Prüfungen im Konservatorium und die Eignungstests für die Solistenausbildung in den Sand gesetzt: Die Angst, es nicht gut genug zu machen, abgeurteilt zu werden, nicht zu gefallen und – was das Wichtigste war – seine Mutter zu enttäuschen, hatte ihn vollständig gelähmt.

Er holte den Brief aus der Tasche und las ihn noch einmal sehr aufmerksam, während er ihre Hand hielt.

»Mama …«, murmelte er.

Sie blickte ihn mit eindringlicher Härte an, als hätte dieses Wort nichts in seinem Mund zu suchen.

Aus der Fassung gebracht und mit einem unbehaglichen Gefühl, lenkte er ein, aus Sorge, sie noch mehr zu verwirren. »Entschuldigung, ich meine natürlich: Madame.«

»Wie heißt du?«

In gleichbleibendem Tonfall antwortete er: »François.«

Wieder lächelte sie. Doch dann fing sie plötzlich an zu weinen und stieß mit zittriger Stimme hervor: »Mein François ist tot.«

»Ich weiß, Madame. Sagt Ihnen der Name Richard Domm etwas?« Es kostete ihn eine schier unmenschliche Anstrengung, ruhig und neutral zu bleiben.

Sie schüttelte heftig den Kopf. »Ich verstehe nicht.«

François atmete tief ein und fuhr sich beruhigend mit der Hand über die Wange.

»Das ist nicht schlimm. Ich habe einfach nur so gefragt. Ganz ehrlich, mit diesem Kerl haben wir doch nichts zu schaffen, einverstanden?«

»Einverstanden«, antwortete sie wie ein Echo.

Aber François hatte gelogen. Er wusste ganz genau, dass sich dieser Richard Domm in einem Winkel seines Gehirns eingenistet hatte und so schnell nicht wieder herauskommen würde. Er schwankte zwischen dem Wunsch zu erfahren, wie er aussah, und jenem Mann, der nicht gewollt hatte, dass er lebte, die Faust ins Gesicht zu schmettern. Einem Mann, der Geld dafür bezahlt hatte, seine Existenz ungeschehen zu machen. François brauchte einen Schuldigen. Keinesfalls würde er seiner Mutter vorwerfen, dass sie gelogen hatte, um ihn zur Welt zu bringen, und auch nicht, dass sie das Geld für seine Abtreibung veruntreut hatte.

Lange blieb er bei ihr. Er lehnte sich gegen das Bett, bis seine Beine steif wurden, und wartete, bis sie eingeschlafen war.

Als er das Zimmer verließ, begegnete er der jungen Krankenschwester, die hinter einem Arzt den Gang entlangkam.

»Vielen Dank. Ich habe sie übrigens wiedererkannt«, sagte er mit ausdrucksloser Stimme.

Sie senkte den Blick. Der Arzt runzelte die Stirn und sah auf die Zimmernummer.

»Er ist der Sohn von Madame Grimal«, flüsterte die Krankenschwester ihm zu.

Der Arzt schüttelte François die Hand und nahm ihn beiseite, um ihm in mitleidigem Tonfall zu eröffnen, dass der Zustand seiner Mutter unverändert sei. Es handele sich um einen gutartigen Tumor, der aber an einer so unzugänglichen Stelle saß, dass eine Operation ihren sicheren Tod zur Folge hätte. Mit dem Tumor könne Madame Grimal jedoch durchaus noch viele Jahre leben, vorausgesetzt, sie käme in ein auf solche Fälle spezialisiertes Heim. Außer einem Dankeschön wusste François nichts darauf zu entgegnen.

Er musste diesen Kerl finden. Einfach nur, um ihm zu sagen, dass Lola Grimal im Krankenhaus lag und dass er nichts zu befürchten hatte. Ob er sie wohl besuchen würde? Vielleicht wäre es eine Art Schockerlebnis und würde seiner Erinnerung wieder auf die Sprünge helfen …

Die Adresse war leicht auszumachen. Im fünfzehnten Arrondissement gab es nur einen Richard Domm. Möbelrestaurator. Mit einem alten Stuhl ging François in Domms Werkstatt, um sich zu erkundigen, ob sein angeblicher Vater das Möbelstück reparieren könne. Das war Ende September. François hatte seine Sonnenbrille aufgesetzt und auch in der Werkstatt nicht abgenommen, damit sein Gesicht für den Mann undeutlich blieb. Richard Domm war im Gespräch mit einer Kundin und schenkte ihm keine Beachtung. François nahm sich eine der ausliegenden Visitenkarten, auf der die Mobilnummer vermerkt war, und zog nach fünf Minuten samt dem Stuhl wieder ab.

Er konnte einfach nicht glauben, dass dieser Mann sein Vater sein sollte. Er konnte keinerlei Ähnlichkeit feststellen. Hätte er ihn zufällig auf der Straße getroffen, wäre er ihm nicht einmal aufgefallen. Wieder zu Hause, rief er ihn mit unterdrückter Nummer an und veränderte seine Stimme, ohne dies vorher geplant zu haben.

»Richard Domm?«, fragte er.

»Yes …«

François brachte lediglich ein »Äh …« zustande, ehe er, überrascht von der englischen Antwort, wieder auflegte. Aber er hatte sich nicht geirrt; er erkannte die Stimme sofort wieder. Eine viel zu ruhige und zu langsame Stimme, die ihn verunsicherte. Vielleicht hätte er sich besser vorher zurechtgelegt, was er diesem Domm sagen wollte. Er wählte zum zweiten Mal.

»Richard Domm?«

»Yes …«

Es machte François nervös, dass der Mann dieses Wort schon wieder benutzte, doch dieses Mal gelang es ihm fortzufahren. Allerdings nicht so, wie er es sich vorgestellt hatte.

»Entschuldigung, wir wurden gerade unterbrochen. Ich rufe wegen meiner Mutter an … Es ist mehr als zwanzig Jahre her, aber … Sie liegt im Krankenhaus, und ich habe mich gefragt, ob Sie vielleicht … Es wäre schön, wenn Sie sie einmal besuchen würden, einfach nur, um …«

Richard schnitt ihm das Wort ab.

»Was Sie da sagen, klingt ein wenig verwirrend, Monsieur. Es tut mir natürlich leid, dass Ihre Mutter im Krankenhaus liegt, aber ich verstehe nicht, was das mit mir …«

François fiel ihm ins Wort und nannte mit wilder Stimme den Namen seiner Mutter, als wollte er sie für immer aus der Anonymität befreien: »Es handelt sich um Lola Grimal.«

Der Mann am anderen Ende der Leitung schwieg lange. Schließlich räusperte er sich. »Lola Grimal?«

Richard Domm hatte den Namen in so unpersönlichem Ton wiederholt, dass François wütend wurde.

»Der Name sagt Ihnen nichts, nicht wahr? Aber sie hat einmal bei Ihren Eltern gearbeitet. Außerdem ist Lola Grimal nicht gerade ein gängiger Name für eine Putzfrau, sondern ein Name, den man eigentlich nicht so leicht vergisst. Im Übrigen geht es mir wie Ihnen: Ich habe es auch gerade erst erfahren.«

Er brach ab und raffte seine ganze Kaltblütigkeit zusammen.

»Was erfahren?«, murmelte die tonlose Stimme am Telefon.

François antwortete steif: »Dass sie das Geschenk, das Sie ihr gemacht haben, gehütet hat wie ihren Augapfel.«

In diesem Augenblick bimmelte das Glöckchen an der Tür. Jemand betrat die Werkstatt. François hörte, wie Richard Domms Stimme härter wurde.

»Nein, Violette, das passt jetzt gerade überhaupt nicht. Ich bin in einem Kundengespräch. In einer Stunde komme ich hoch.«

Sekunden später war er wieder am Apparat. »Wonach genau suchen Sie, Monsieur?«

François war nicht in der Lage, ihm zu antworten. Violette? Wer war Violette? Seine Tochter? Seine Frau? Plötzlich schämte er sich, dass er in das Leben dieser Leute eindrang und sie verunsicherte. Aber es musste sein.

»Ich habe Sie etwas gefragt, Monsieur.«

François legte auf.

Noch am gleichen Abend schrieb er Richard Domm einen Brief und setzte ihn über seine Existenz in Kenntnis. Er fragte, ob Domm so freundlich sein wolle, ihn zurückzurufen und ihn ins Krankenhaus Cochin, Abteilung Palliativmedizin, zu begleiten, um Lola Grimal wiederzusehen. Er fügte hinzu, dass kein Risiko bestehe, da die Kranke niemanden mehr erkannte, und schloss mit den Worten, dass er keine Forderungen stellen und niemandem ihr Geheimnis verraten werde.

Nachdem Richard Domm den Brief erhalten hatte, ging er erst einmal eine Stunde spazieren. Anschließend fuhr er mit der Metro zum Krankenhaus. Sein Kopf war voller Erinnerungen an die kleine blonde Lola, die seine Eltern als Haushaltshilfe beschäftigt hatten. Ein wundervolles, bildhübsches Mädchen. Abends kam sie oft in die winzige Dienstbotenkammer unter dem Dach, die Richards Reich in seinem Elternhaus war. Sie liebten sich wild und leidenschaftlich, und er genoss es, wenn sie anschließend erschöpft an ihn gekuschelt einschlief. Sie waren beide kaum zwanzig Jahre alt. Als sie ihm zutiefst verwirrt eröffnete, dass sie schwanger war, fassten sie gemeinsam den einzig möglichen Entschluss. Nach einem Monat jedoch kehrte Lola nicht mehr an ihren Arbeitsplatz zurück. Sie verschwand ohne Vorankündigung von einem auf den anderen Tag. Ihren Arbeitgebern hinterließ sie lediglich die Nachricht, dass sie Frankreich verlassen müsse.

Mit gebrochenem Herzen akzeptierte Richard ihre Entscheidung und verkroch sich in seine Leidenschaft für antike Möbel. Mit der Zeit vernarbte die Wunde und hinterließ nur schöne Erinnerungen. Lola Grimal wurde zu einem angenehmen Bedauern. Bis zu diesem Tag.

Er hasste, was da gerade mit ihm geschah. Dabei war doch alles klar gewesen. Er hatte Lola das Geld von seinem Sparkonto gegeben und freiwillig auf das Motorrad verzichtet, auf das er drei Jahre lang gespart hatte. Aber sie hatte ihn belogen. Richard war zutiefst schockiert. Verletzt. Man bekommt nicht einfach ein Kind ganz allein, nur für sich.

Er hasste den Groll, den er plötzlich für die strahlende Geliebte seiner Jugend empfand. Auf keinen Fall konnte er mit Violette über seine Lage sprechen. Sie würde es nicht verstehen. Vielleicht hatte er aber auch Angst, dass sie sehr wohl verstünde, wenn er Lola Grimal erwähnte. Dass sie verstünde, wie sehr die Erinnerung an diese Geliebte alle anderen Frauen in den Schatten stellte, die er in der Folge kennengelernt hatte. Vergeblich hatte er immer wieder versucht, die unersättliche Erregung wiederzufinden, die er in den Armen der jungen Haushaltshilfe erleben durfte. Wenn er ein- oder zweimal in der Woche mit Violette schlief – bevor die Probleme mit dem Herzflimmern anfingen, die ihn seit dem Frühjahr hatten vorsichtig werden lassen –, stellte er sich immer Lolas Körper vor, um seine Erregung aufrechtzuerhalten. Violette machte sich nicht besonders viel aus Sex und empfand offenbar nicht mehr Unzufriedenheit als er selbst. Und jetzt brachen plötzlich Nostalgie, Angst und Unbehaglichkeit in sein Leben ein.

Die Hand auf der Türklinke, zögerte er lange. Was würde weniger schmerzen? Dem Verfall ins Gesicht zu sehen und dabei für immer die schönste Erinnerung seines Lebens zu vernichten oder einfach wieder zu gehen und das Bild der Frau, die ihn verraten hatte, zu bewahren, wie er es erinnerte? An seiner Lage würde das allerdings nichts ändern. Er wusste sehr wohl, dass François entweder aus Rache, aus Idealismus oder aus Eigenliebe alles tun würde, um ihn von seinen Grundsätzen abzubringen. Er würde die gesicherte, geradlinige Existenz, die Richard sich geschaffen hatte, ein für alle Mal aus der Bahn werfen. Aber er hatte noch nie einem Menschen gestattet, ihm zu diktieren, wie er sich zu verhalten hatte.

Und so drehte er sich um, kehrte zum Aufzug zurück und beschloss, seinen Anwalt zu informieren.

Vierzehn Tage später erhielt François ein Schreiben mit dem Briefkopf einer Anwaltskanzlei.

Sehr geehrter Herr Grimal,

mein Mandant Richard Domm hat mich beauftragt, Ihnen auf Ihr Schreiben vom 30. September d. J. zu antworten. Herr Domm lehnt es aus persönlichen Gründen ab, Kontakt mit Ihnen aufzunehmen oder in einen Briefwechsel zu treten. Sollten Sie eine DNA-Probe wünschen, um Ihre Annahmen zu klären, wäre mein Mandat dazu bereit. Falls der Test die Vaterschaft meines Mandanten bestätigt, steht Ihnen selbstverständlich Ihr Pflichtteil am Erbe zu. Weitere Ansprüche Ihrerseits bestehen nicht.

Hochachtungsvoll ...

Dieser Brief brachte den Stein ins Rollen. Obwohl François ausschließlich aus einer menschlichen Empfindung heraus mit seinem Vater in Verbindung getreten war, sah dieser darin nichts als eine rechtliche Forderung und schaltete seinen Anwalt ein. Dabei hatte François nicht mehr erwartet als ein wenig Mitgefühl für seine Mutter. Richard Domms Antwort jedoch bestand aus einem abschlägigen Bescheid.

Nein, er würde nichts geben als die Aussicht auf ein späteres Pflichtteil am Erbe. *Weitere Ansprüche Ihrerseits bestehen nicht.*

Aber nun würde alles anders werden. François würde das kleine behütete Leben dieses Richard, der ihn von vornherein abgelehnt hatte, in tausend Stücke schlagen. Und er würde sich an dem bedienen, was Richard am liebsten war. Jetzt wollte François wirklich etwas von ihm – nämlich seine Frau.

François nahm sich Zeit, seine Beute zu umgarnen. Er musste den richtigen Moment abwarten. Sie verließ das Haus nur, um einzukaufen oder sich mit ihrer Freundin zu treffen. Bis zu jenem Tag auf dem Friedhof.

François hatte Richard von Weitem beobachtet und sich gefragt, wie seine Mutter eine derartige Leidenschaft für diesen Langweiler hatte empfinden können. Seine gesamte Kindheit hindurch hatte sie ihm von einem wunderbaren, großzügigen, fantasievollen Mann erzählt, der just im Augenblick der Entbindung von einem Herzanfall dahingerafft worden war. Aus Freude darüber, Papa zu werden. Lange Zeit hatte François sich schuldig gefühlt. Durch seine Geburt den eigenen Vater zu töten – was für ein Start ins Leben! Und da wunderten sich die anderen noch, dass er bei jeder Prüfung und bei jedem Test ins Flattern geriet …

Was hatte Lola so beeindruckt? Der Mann oder sein sozialer Status? François konnte sich nicht vorstellen, dass dieser schroffe Mensch mit dem emotionslosen Gesicht, der kalt und verschlossen, ja fast düster wirkte, je im Leben etwas hatte geben können, ohne dafür die Hand aufzuhalten. Insgeheim hoffte François, dass der Mann seine Mutter durch Zwang gefügig gemacht hatte. Seine Rache wäre dann umso gerechtfertigter.

Seit dem Morgen hatte Violette ihre Freundin Sara bei Wohnungsbesichtigungen begleitet. Nun war es Abend, und sie fühlte sich müde und erschöpft. Der ständige Szenenwechsel langweilte sie. Sara hingegen war noch immer wortgewandt, witzig und voller Energie – wie immer. Die beiden Frauen warteten in einem vornehmen Gebäude aus den Sechzigerjahren auf die letzten Interessenten.

Es war ein junges Paar, das während der gesamten Besichtigung Händchen hielt. Als sie an Violette vorbeikamen, küssten sie sich flüchtig. Eine Welle der Freude schlug über Violette zusammen. Schon wieder diese Manie, die Empfindungen der anderen mitzuerleben und so an ihrem Glück zu partizipieren! Sie hörte Sara nicht mehr zu, die vermutlich die gleichen Sätze mit der gleichen Überzeugungskraft wiederholte. Als sie das Schlafzimmer betraten und über den unverbaubaren Ausblick auf Paris unter einem fast weißen Himmel staunten, zog der Mann die junge Frau an sich und flüsterte ihr etwas ins Ohr. Sie kicherte und schlug die Augen nieder.

Bei diesem Anblick überkam Violette erneut die Beklemmung, gegen die sie so häufig anzukämpfen hatte. Ein schleichender Schmerz, der durch ihren ganzen Körper sickerte und sie seit ihrer Kindheit gegenüber der Welt abschottete. Nie hatte sie sich jemandem anvertraut. Sie wagte es nicht, denn sie fürchtete, dass man ihr den Kokon aus Einsamkeit übel nahm, der sie von den anderen trennte. Vielleicht würde sie eines Tages mit ihrem Mann darüber sprechen, falls er sich dazu herabließ, ihr zuzuhören. Aber eigentlich wusste sie schon im Voraus, wie seine Antwort ausfiele. »Das Leben ist schön, du bist gesund, es fehlt dir an nichts, und ich bin da. Du tust wirklich alles, um dich selbst unglücklich zu machen. Wenn du ein echtes Problem hast, geh zum Psychiater und lass dich durchchecken! Oder such dir eine Arbeit! Ganz ehrlich, ich verstehe dich nicht.«

Würde er stattdessen sagen: »Ich liebe dich, auch wenn es dir gerade nicht so gut geht«, würde dies ihre Lebenslust und ihre Lebensfreude durchaus beflügeln, dessen war sie sich ganz sicher. Sie brauchte dann nicht mehr so zu tun, als ginge es ihr gut, um niemanden zu stören. Aber sie wusste, dass er diesen Satz nicht aussprechen würde.

Violette hörte, wie das junge Paar für den nächsten Tag einen weiteren Besichtigungstermin vereinbarte. Sara begleitete die beiden zum Aufzug. Als sie zurückkam, reichte sie Violette den Schlüssel.

»Morgen um zehn. Du öffnest, lächelst und sagst ihnen, dass es nicht schlimm sei, wenn sie sich nicht entscheiden könnten, denn du hättest noch weitere Interessenten. Du setzt sie damit nicht unter Druck, sondern machst ihnen die Entscheidung leichter. Wenn sie zusagen, kriegst du fünf Prozent von meiner Provision. Du siehst, das Leben kann richtig schön sein, und langweilig ist es schon gar nicht. Bis morgen, Süße. Und schließ bitte die Läden, ehe du gehst. Für heute Abend ist ein Gewitter angekündigt.«

Violette fühlte sich wie ein Betonklotz – starr und unfähig, sich zu bewegen. Wieso wollte ihr jeder weismachen, das Leben sei schön, wenn sie selbst es doch so leer fand? Als ihre Tochter nach Amerika übergesiedelt war, hatte sie ihren Schmerz aus Rücksicht und Scham nicht gezeigt. Kurz darauf hatte sie ein Seniorenheim besucht – rein zufällig, weil es auf ihrem Weg gelegen hatte. Ohne jemandem etwas zu sagen, versuchte sie, sich nützlich zu machen und sich der alten Leute ein wenig anzunehmen, die wohl auf der letzten Etappe ihres Weges angekommen waren. Aber schon nach einem Monat strich sie angesichts der menschlichen Misere die Segel. Sollte das Ende des Lebens wirklich so aussehen, dass alle Träume und alle Hoffnungen wie durch ein allzu feinmaschiges Sieb gepresst wurden? Angesichts der verlorenen Blicke dieser Menschen schämte sie sich ihrer eigenen Einsamkeit und fühlte sich so schuldig, dass sie die Besuche schließlich wieder abbrach.

Sie schloss den letzten Laden, zog die Tür hinter sich zu und ging die sieben Stockwerke hinunter, indem sie nur jede zweite Stufe nahm. Wie damals, als sie jung gewesen war.

Als sie das Haus verließ, lief ihr François über den Weg. Verdutzt rief sie:

»Aber das ist doch nicht möglich! Folgen Sie mir etwa?«

Er warf ihr einen entwaffnenden Blick zu. Sofort fügte sie peinlich berührt hinzu:

»Entschuldigung, ich habe mich missverständlich ausgedrückt …«

Er hatte keine Zeit, ihr zu antworten, denn plötzlich brach ein heftiger Platzregen los. Sie stellten sich in der Eingangshalle unter.

Sie standen vor den Briefkästen. François schwieg weiter und wartete darauf, dass sie ihre Scham in Worte fasste.

»Unglaublich. Jedes Mal, wenn ich Sie treffe, regnet es.«

Mehr wusste sie nicht zu sagen. Vielleicht war sie überrascht, mehr aber nicht. Als gäbe es einen Zufall!

Schließlich sagte er: »Die glasierten Maronen waren sehr lecker.«

Sie kicherte, was ihn zum Lächeln brachte.

»Haben Sie Verwandtschaft hier im Haus?«

Mit starrem Blick auf den Regen draußen schüttelte sie den Kopf.

Leise und mit verständnisvollem Gesichtsausdruck fragte er weiter: »Einen Liebhaber?«

Sie lachte laut auf. Wie einfach war es doch, ihr Vertrauen zu gewinnen!

»Ich habe nur eine Freundin begleitet, die Wohnungen verkauft. Diese Wohnung hier hat eine unglaubliche Aussicht über Paris. Ich bin überzeugt, dass das Paar, das sie eben besichtigt hat, die Wohnung auch nimmt. Die beiden waren wie verzaubert. Sie hätten sehen sollen, wie sie sich angeschaut haben …«

Während sie sprach, betrachtete er ihren zierlichen Nacken und die große Spange, mit der sie ihr Haar ungeschickt zusammengerafft hatte. Keine der Frauen, die er bisher gekannt hatte, war so provinziell und altmodisch gewesen. Und keine hatte eine solche Spange gehabt. Sie gefiel ihm. Um der Versuchung zu widerstehen, sie zu lösen, unterbrach er Violette mitten im Satz.

»Hätten Sie Lust, mit mir hinaufzugehen?«

Sie biss sich auf die Lippen und zögerte mit der Antwort.

Er genoss ihre Verlegenheit.

»Ich wollte damit nur sagen, dass mich die Aussicht dieser Wohnung interessiert. Und Sie sind selbst schuld, Sie haben sie so lebendig beschrieben.«

Er sah, wie sie den Kopf senkte, um ihm nicht zu zeigen, wie sehr sie diesen Satz genoss. Wahrscheinlich bekam sie nur selten Komplimente. Und schließlich rechtfertigte sie selbst die Freiheit, die er sich genommen hatte.

»Ansonsten würden wir hier warten, bis das Gewitter vorüber ist, nicht wahr?«

Er nickte vermeintlich gleichgültig. Denn er war auf der Hut. Diese Natürlichkeit, Naivität und Leichtigkeit, die von ihr ausgingen, machten ihn verwundbar.

Während sie im Aufzug die sieben Etagen hinauffuhren,

überlegte sie, welches Zimmer sie ihm als Erstes zeigen sollte. Er hingegen dachte darüber nach, wie er auf sie zugehen konnte, ohne sie zu erschrecken oder zur Flucht zu veranlassen.

Sie begann mit der Küche. Er fand, dass es nicht zu ihr passte, wie sie sich für die Kochinsel, den imposanten Herd mit drei Backöfen, den Geschirrspüler auf Arbeitsplatzhöhe – wahrscheinlich, damit man keine Rückenschmerzen bekam – und den eingebauten Weinklimaschrank begeisterte. Angesichts des schwarzen Granits und gewachsten Betons unternahm er nicht den kleinsten Annäherungsversuch. Auch das anthrazit lackierte Bad mit seinen auberginefarbenen Möbeln wirkte kalt und unpersönlich auf ihn. Er folgte Violette durch einen breiten Flur. Als er das Klappern ihrer schwarzen Stiefeletten auf dem hellen Echtholzparkett hörte, bemerkte er ihre schlanken Waden. Er warf einen Blick in das leere Wohnzimmer. Als sie das Schlafzimmer betraten, wandte sie sich mit einem vielversprechenden Blick zu ihm um und betätigte den Schalter, der den großen Rollladen öffnete. Jenseits des riesigen Fensters war im strömenden Regen absolut nichts zu erkennen.

Abrupt schloss sie den Laden wieder.

»Genau so ist es immer in meinem Leben: Ich verspreche das Blaue, und dann kommt nur Schwarzes dabei heraus.«

Er trat einen Schritt auf sie zu. Sie war enttäuscht, verschlossen und nervös. Vielleicht war jetzt genau der richtige Moment. Aber er zögerte. Er spürte, dass sie nicht die Art Frau war, die sich dem Erstbesten in die Arme warf, um auf andere Gedanken zu kommen oder ihre Verführungskünste zu testen. Nur allzu gut kannte er die Mädchen für eine Nacht, die seine gelenkigen, für einen Pianisten seltsam massiven Hände auf der Klaviatur beobachteten. Immer verließ er sie noch in der Nacht, ehe sie wieder erwachten. Seit der Entdeckung des Umschlags mit dem blauen Band in der halb verrosteten Blechdose jedoch hatte er einen schalen Geschmack im Mund. Er ekelte sich vor sich selbst und fand die sterile Routine seines Gefühlslebens plötzlich ermüdend.

Zum ersten Mal verspürte er keine Lust, einfach nur so und nur ein einziges Mal mit einer Frau zu schlafen. Aber es musste sein. Es gehörte zu dem Plan, den er sich zurechtgelegt hatte, und war eine Verpflichtung gegenüber seiner Mutter – die Wiedergutmachung, die er ihr schuldete. Um den Plan ausführen zu können, dachte er an Lola. An das, was sie erduldet hatte, an ihr armseliges Leben und an alle Opfer, die sie seinetwegen gebracht hatte. Er verachtete Richard, der nicht verstanden hatte, was ihn bewegte. Er wollte nichts von diesem Mann – weder seinen Namen noch sein Geld –, er wollte ihm nur wehtun, indem er ihm seine Frau abspenstig machte. Ihr jedoch wollte er nichts Böses. Und genau dort lag das Problem. Wenn er an ihr hängen blieb, war es keine Rache mehr. Es würde zu einem simplen Ehebruch, und er wäre obendrein der Schuldige.

Violette stand bereits an der Wohnungstür. Er hatte nicht gehört, wie sie das Zimmer verlassen hatte.

»Kommen Sie?« Sie drängte ihn fast und machte sich daran, die Lichter zu löschen. »Wir gehen.«

Überrumpelt tat er etwas, das ihm überhaupt nicht ähnlich sah, etwas, das er noch nie nötig gehabt hatte.

»Ich fühle mich nicht wohl«, murmelte er. »Entschuldigen Sie. Keine Sorge, es geht sicher gleich vorüber.«

Er legte sich auf das Parkett und sah, wie sie sich im Licht der Flurbeleuchtung zögernd umdrehte. Als sie bemerkte, dass er sich nicht mehr bewegte, trat sie näher, kniete neben ihm nieder und schob mit besorgtem Gesicht ihre kalte Hand in seine. Beruhigt schloss er die Augen und stellte sich vor, was folgen würde. Als er ihren Ehering an seinem Finger spürte, empfand er eine Art inneren Jubel. Er würde mit dieser Frau schlafen, und zwar nicht nur, um ihre Ehe zu zerstören. Er würde sie glücklich machen. Und genau dies wäre letztendlich seine Rache.

Stumm und auf Knien sah sich Violette in dem Internat wieder, in das ihr Vater sie mit vier Jahren geschickt hatte. Wenn sie krank gewesen war, hatte sie sich immer gewünscht, eine Hand in der ihren zu spüren und tröstende Worte zu hören. Sie dachte an den großen, unpersönlichen, stillen Schlafsaal, an die kleinen weiß bezogenen Betten, an die schwarz gekleideten Frauen, die vorübergingen, ohne stehen zu bleiben, an die Nachtlichter, die sie am Schlafen hinderten, und an die Angst, schuldlos bestraft zu werden.

»Geht es wieder besser?«, erkundigte sie sich schüchtern und hielt François' Hand ganz fest.

Er seufzte und legte mit gespielter Mühe seinen Kopf auf ihre Knie, auf den halb geöffneten grauen Mantel. Ob Richard mit seiner Mutter auf diese Weise geschlafen hatte? Vollständig bekleidet? Während sie den Boden schrubbte? Mit einer fast schon brutalen Bewegung warf er Violette auf den Fußboden, bereute es jedoch sofort. Sie blieb völlig reglos liegen, zeigte nicht die geringste Reaktion.

In der Dunkelheit des leeren Zimmers dachte Violette weiter über ihr Leben nach, als wäre die Zeit stehen geblieben. Ein Leben, in dem sie immer jemandes Schatten gewesen war. Ihre Tochter lebte weit fort, ihr Mann sah sie nicht mehr an, sie hatte keinen Job und keine Familie mehr. Ob sich jemals jemand wirklich für sie interessiert hatte? Selbst ihre Mutter hatte sie bei der Geburt verlassen. Dieser Unbekannte hier würde sie vielleicht nehmen, obwohl sie nicht einverstanden war, aber sie würde sich nicht wehren und auch nichts sagen, nicht einmal seinen Vornamen. Okay, sie wäre dann eine verheiratete Frau mit einem Liebhaber. Wie so viele andere auch. Mehr nicht. Mitleiderregend und banal.

Während er ihren Rock hochschob, fragte sie sich nur, ob sie sich vor Richard schämen würde, wenn sie heute Abend wieder bei ihm war.

Richard hatte schlechte Laune. Violettes Befürchtungen, sie könne ihm gegenüber ein schlechtes Gewissen haben, fielen mit einem Schlag in sich zusammen. Mit François hatte ohnehin nichts stattgefunden. Er hatte sich tausend Mal bei ihr entschuldigt und ihr erklärt, dass ihm so etwas noch nie passiert sei und dass er sich selbst nicht verstehe. Sie hatte ihm sehr freundlich und beruhigend geantwortet, es sei doch nicht so schlimm: Auf einen Fehlschlag mehr oder weniger komme es bei ihr ohnehin nicht mehr an. Angesichts seiner bedrückten Miene fügte sie sanft hinzu, er könne doch nichts dafür. Sie halte sich selbst für höchst mittelmäßig, und es hätte eines Wunders bedurft, wenn er mehr für sie empfände als Mitleid. Sein ungeschickter, aber aufrichtiger Protest gefiel ihr. Sie machte sich keine Vorwürfe, dass sie ihm beinahe nachgegeben hätte – ganz im Gegenteil. Fast war sie stolz auf das unerfüllte Begehren.

Das Telefon ihres Mannes klingelte. Er warf einen Blick auf das Display und kümmerte sich nicht weiter darum.

»Gehst du nicht dran?«

»Wir sind beim Essen, und die Nummer ist unterdrückt. Die Nudeln sind übrigens zu weich«, fügte er hinzu und steckte seine vor Tomatensoße triefende Gabel in den Mund.

Ein verzagtes Lächeln huschte über ihr Gesicht. Heute ging wirklich alles schief. Trotzdem fühlte sie sich zunehmend leichter und ohne jedes Schuldgefühl. Als François sie zu sich hinuntergerissen hatte, hatte sie die Augen geschlossen. Nicht er war es gewesen, der sie küsste. Plötzlich war sie wieder fünfzehn Jahre alt. Es goss in Strömen, und dieser Junge aus der Jesuitenschule hielt sie in den Armen. Er brachte ihr bei, wie sie den Mund öffnen und was sie mit der Zunge tun sollte. Das erste Mal war einfach wundervoll gewesen – und ganz ohne Folgen. Genau genommen verdarb man alles, wenn man weiterging.

Richards Handy klingelte erneut.

Violette seufzte: »Nun geh schon dran! Vielleicht ist es ja wichtig.«

Er zitterte, als er die Nummer erkannte, die dieses Mal auf dem Display stand. Ehe er das Gespräch jedoch annahm, stand er hastig auf und ging in sein Arbeitszimmer. Er schloss die Tür hinter sich, und Violette überlegte, wann er sie wohl verlassen würde.

François hatte beschlossen, während des Abendessens anzurufen, ehe er zur Arbeit in der Piano-Bar aufbrach. Während er Violette in ihre Wohnung zurückgefahren hatte, hatte sie immer noch versucht, ihn mit einfachen Worten zu trösten. Er jedoch wusste ganz genau, was seine Erektion verhindert hatte: die Tatsache, dass er sich plötzlich in der gleichen Situation wiederfand wie Richard Domm mit seiner Mutter. Er hatte die Hilflosigkeit einer passiven Frau ausgenutzt.

Ehe sie die Autotür öffnete, flüsterte sie mit ihrer sanften, ausdruckslosen Stimme: »Vielen Dank. Sie haben es fertiggebracht, mich an einen viel zu kurzen Augenblick meiner Jugend zu erinnern. Ihnen verdanke ich, dass ich die Freude am Träumen wiedergefunden habe – ich hoffe es zumindest. Bis bald.« Leise schloss sie die Wagentür.

Verdutzt und mit einem unbehaglichen Gefühl fuhr er davon. Er hatte angenommen, dass sie ihn verachten oder verspotten würde; stattdessen sprach sie von Hoffnung und Träumen. Er durfte weder sie noch ihre Ehe zerstören. Nur den Ehemann. Diese Frau aber würde er retten. Wenn Richard sie verließ, würde er sie nicht untergehen lassen wie die arme Lola. Er wäre an ihrer Seite, um sie zu lehren, ihr neues Leben zu lieben.

Nachdem er die Arbeitszimmertür hinter sich geschlossen hatte, begann Richard, seinem Gesprächspartner Vorwürfe zu machen.

»Wieso rufen Sie mich an? Mein Anwalt hat Ihnen doch mitgeteilt, dass ich die notwendigen Vorkehrungen treffen werde. Natürlich nur, sofern Sie derjenige sind, der Sie zu sein vorgeben. Aber ganz gleich, wie die DNA-Tests ausgehen – ich fordere Sie auf, keinen direkten Kontakt mehr zu mir aufzunehmen. Das ist Sache der Anwälte. Wir haben uns nichts weiter zu sagen, Monsieur.«

Das war der eine Satz zu viel. François konterte sofort.

»Haben Sie Ihrer Frau von mir erzählt?«

Richard erstarrte, bemühte sich aber um einen ungezwungenen Ton.

»Sie ist doch nicht betroffen.«

»Da bin ich ganz Ihrer Ansicht. Hören Sie, Papa Richard: In zwei Tagen ist Weihnachten, und ich würde die Feiertage gern im Kreis meiner Familie verbringen. Ich werde um neunzehn Uhr dreißig bei Ihnen sein. Sicher fällt Ihnen eine gute Geschichte ein, die bei Ihrer Frau keinen Verdacht erweckt. Ich spiele Ihr Spiel mit, das verspreche ich Ihnen. Ich kann gut improvisieren und werde mich ganz

Ihrer Version anpassen. So etwas verbindet. Einen schönen Abend noch.«

Wie versteinert starrte Richard das immer noch tutende Telefon an. Wütend rief er die angegebene Nummer an, landete aber nur auf der Mailbox. Mit zusammengepressten Lippen klappte er sein Handy zu. Auf keinen Fall ließe er sich in eine derartige Situation hineinzwingen. Wenn er jedoch nicht darauf einging, sondern Violette im letzten Augenblick zu einem Weihnachtsessen irgendwo auf dem Land einladen würde, stünde zu befürchten, dass dieser Mann bei ihrer Rückkehr vor der Haustür wartete. Ein Weihnachtsabend zu Hause hatte den Vorteil, dass Richard die Begegnung kontrollieren konnte. Dazu genügte es, sich für alle Eventualitäten zu wappnen und Violette entsprechend vorzubereiten. Riskant blieb es trotzdem.

Wie es seiner Gewohnheit vor großen Entscheidungen entsprach, öffnete er die Schublade seiner Boulle-Kommode und betrachtete das Foto, das sich darin befand. Es war nur ein halbes Foto. Seine Mutter hatte er weggeschnitten, als sie nach Afrika gegangen war. Er wollte nur noch den bewegenden, ehrlichen Blick seines Vaters sehen. Ein Blick, der ihm Kraft gab. Ein Vater, der genau wie er selbst die Ruhe als wichtigsten moralischen Wert erkannt hatte und der seiner Frau niemals widersprochen hatte, um diese Ruhe auch zu genießen. Obwohl Richard sie aus dem Foto geschnitten hatte, war seine Mutter nicht nur allgegenwärtig, sondern auch unglaublich selbstsicher in ihrem Egoismus, der einem unerschütterlichen Gefühl von Überlegenheit entsprang. Bei ihrem Tod hatte Richard keine Träne vergossen. Sie fehlte ihm nicht. Selbst als sie noch lebte, hatte er sie mittels einer Schere aus seinem Leben verbannt. War sie ihm überhaupt je wirklich eine Mutter gewesen? Ihre größte Sorge war stets, zu gefallen, zu verführen und sich bewundern zu lassen und dabei den Anschein zu erwecken, dass man sie für mitfühlend hielt.

Niemals hätte er eine Frau wie seine Mutter heiraten können, und allein aus diesem Grund hatte er sich so überstürzt für Violette entschieden: Es war weniger tief empfundene Liebe als vielmehr der Gegensatz, der ihn angezogen hatte. Sie war sanft, freundlich und leicht zu manipulieren. Ihre Naivität, ihre Zurückhaltung und ihre Art, sich im Hintergrund um ihn zu kümmern und mit ihrem immer gleichmäßigen Temperament die Sorgen des Alltags von ihm fernzuhalten, gefielen ihm sehr. Sie hatte kein Ego – zumindest war dies bis vor Kurzem so gewesen. Erst in den letzten Tagen hatte sich das geändert.

Hinter der Tür fragte Violette: »Möchtest du heute Abend keinen Nachtisch?«

»In drei Minuten bin ich da.«

Präzise wie immer, dachte Violette und blickte auf die Uhr.

Richard stieß einen erschöpften Seufzer aus. Ihm blieben drei Minuten, um eine Geschichte zu erfinden. Aber das tat er eigentlich jeden Tag in Gesellschaft der Möbel, die er restaurierte und deren Herkunft und Leiden er spüren konnte. Er war in der Lage, sich die Vernachlässigung, den Mangel an Liebe und die Verwahrlosung vorzustellen, die sie beschädigt hatten. Er verbrachte Stunden damit, die Gesten und sogar die Gedanken ihrer Erbauer nachzuvollziehen.

Und er musste sich eingestehen, dass er – abgesehen von ein paar sentimentalen Überbleibseln aus der Vergangenheit – auch seinen Vater nicht wirklich geliebt hatte, wenngleich er ihm für sein handwerkliches Wissen dankbar war. Genau wie Jean-Bernard Domm war Richard der Ansicht, dass der Mensch von Natur aus nicht gut war. Und an diesem Abend lag der Beweis für diese These wieder einmal auf der Hand.

Er betrachtete die Augen seines Vaters auf dem matt glänzenden Papier und fasste einen Entschluss. Das Foto wanderte zurück in die Schublade der Kommode, des kostbarsten seiner Familienerbstücke, das so wertvoll war, dass er nie gewagt hatte, sich an ihm zu versuchen. Er schrieb sich weder das Talent noch das Recht zu, die Intarsien aus Schildpatt und Ulmenholzmaser zu restaurieren, die André-Charles Boulle zugeschrieben wurden. Das jedoch machte ihm schwer zu schaffen.

Als er mit dem Ellbogen an das Telefon stieß, führte das leise Klicken ihm erneut Lola vor Augen, wie sie heimlich in sein Zimmer schlich, fast nackt unter ihrem Mantel, und wie er hastig den Schlüssel im Schloss drehte. Das Bild bestärkte ihn in seinem Entschluss.

Richard setzte sich wieder an den großen Esstisch aus Eiche, den er ganz besonders schätzte, strich mit den Fingern über das Holz – er hatte viel Zeit damit verbracht, dem Tisch neues Leben zu verleihen – und wartete darauf, dass seine Frau ihm sein Kaffeeparfait brachte.

»Du solltest morgen einen Christbaum kaufen, Violette. Ich frage mich ohnehin, warum du das noch nicht erledigt hast. Sonst wartest du doch auch nicht bis auf den letzten Drücker.«

Violette nickte. Das war doch wenigstens eine erfreuliche Nachricht: Weihnachten würde er also noch zu Hause verbringen.

»Wir werden übrigens nicht allein feiern. Ich habe eine Überraschung für dich.«

»Céline?«, fragte sie spontan mit einer etwas gezwungenen Hoffnung.

»Nicht ganz. Aber sie wird bestimmt anrufen. Langsam musst du dich wirklich daran gewöhnen, dass unsere Tochter jetzt ihr eigenes Leben lebt.«

Violette lächelte blass. Auch das hatte sie versäumt: innige Verbundenheit mit Céline. Aber warum war es nicht gelungen? Sicher war es ihr eigener Fehler, vielleicht war sie nicht aufmerksam genug gewesen oder hatte ihr zu wenig Vertrauen geschenkt. Sie war manchmal so unentschlossen und ungeschickt in ihren Anläufen. Ob das der Grund dafür war, dass Céline so hart, so vernünftig und so effizient geworden war? Violette hatte ihre Tochter nie verstanden.

Als sie noch sehr jung das Haus verlassen hatte, hatte Violette große Angst gehabt, ihr könne etwas zustoßen. Aber auch darin hatte sie sich getäuscht. Céline war nicht zu einem Abenteuer aufgebrochen, sondern hatte im Vorfeld alles genau geplant und ihren lange gereiften Entschluss akribisch vorbereitet. Dank der beruflichen Kontakte ihres Vaters und des Rufes, den er genoss, wurde sie innerhalb weniger Monate zu einer angesehenen Geschäftsfrau, die erfolgreich von den Amerikanern hochgeschätzte, nachgemachte Stilmöbel exportierte. Seitdem war sie nie mehr nach Paris zurückgekehrt und hatte stets eine gute Ausrede gefunden, um einen Besuch ihrer Eltern in Boston zu verhindern. Aber zu den Geburts- und Namenstagen rief sie immer an.

Nachdem er sein Kaffeeparfait gegessen hatte, legte Richard seinen Löffel beiseite, tupfte sich den Mund mit der Serviette, die seine Großmutter mit seinen Initialen bestickt hatte, stand auf und bedeutete Violette, sich neben ihn auf das Sofa zu setzen.

»Abräumen kannst du später.«

Verstört durch sein ungewöhnliches Verhalten, befürchtete sie das Schlimmste und gehorchte wortlos.

»Ich muss dir etwas mitteilen, Violette.«

Er würde ihr die Wahrheit sagen, denn jede Art von Lüge war ihm verhasst, und dieser junge Mann würde seine Wertvorstellungen nicht über den Haufen werfen. Jetzt ging es nicht mehr darum, seine Frau zu schonen. Er würde sich vielmehr nur noch auf seine eigene Ethik und auf die Formulierung seines ersten Satzes konzentrieren.

Verunsichert hoffte Violette, dass er nicht etwa krank war, fürchtete aber immer noch, dass er sie verlassen wollte.

Ohne sie anzuschauen, begann Richard zu sprechen.

»Vor langer Zeit, lange, ehe wir beide uns trafen, war ich mit jemandem zusammen. Sie hieß Lola Grimal und war eine sehr einfache und sanfte junge Frau. Sie arbeitete hier im Haus als Haushaltshilfe. Von Zeit zu Zeit hatten wir intime Beziehungen. Wir liebten uns, wie man sich eben mit zwanzig liebt. Zwischen uns gab es keine Probleme, keine Lügen, keine Beschönigungen und keine Hintergedanken. Da war nur Begehren, und dann und wann gab es Gelegenheiten. Es war … Nun, es war eben die Jugend. Und wir verlebten Augenblicke puren Glücks.«

Reglos starrte Violette auf die Spitzen ihrer schwarzen Stiefeletten und machte sich unbewusst Vorwürfe, dass sie nicht ausreichend glänzten.

Richard sprach beinahe unbeteiligt weiter, als ginge es in seinem Bericht um jemand anderen.

»Eines Tages teilte sie mir mit, was ihr Arzt gesagt hatte. Die Nachricht ließ mich bis ins Mark erstarren. Wir waren doch noch so jung, sie und ich. Gemeinsam beschlossen wir, es … na ja, du weißt schon.«

»Ehrlich gesagt, nicht wirklich«, murmelte Violette, die sich fragte, worauf er hinauswollte.

Ärgerlich schüttelte Richard den Kopf und wurde lauter: »Es wegzumachen! Es abzutreiben! Hast du jetzt begriffen?«

Fast ein wenig erleichtert sagte Violette: »Ja, jetzt schon. Aber was hat das mit mir zu tun?«

Die Frage, die er Lolas Sohn ebenfalls gestellt hatte, brachte Richard aus dem Konzept. Plötzlich verlor er den Faden und fauchte Violette an: »Er lebt. Und ich habe es erst vor Kurzem erfahren. Nach fünfundzwanzig Jahren! Und damit betrifft es auch dich!«

Violette runzelte die Stirn und dachte kurz nach, fand sich jedoch schnell mit den Tatsachen ab. Diese Frau hatte das Baby behalten, also hatte ihr Mann ein weiteres Kind, und sie selbst war Stiefmutter.

Völlig unbefangen antwortete sie: »Ich sehe darin kein Problem und verstehe auch nicht, warum du dich darüber so aufregst.«

Verblüfft blickte er sie an. »Das Problem besteht darin, dass er wohl seinen Anteil am Erbe geltend machen wird und damit unsere Tochter schädigt. Verstehst du jetzt den Ernst der Lage?«

»Nein«, sagte sie mit fester Stimme. »Céline verdient eine Menge Geld. Viel mehr als du.«

Richard wurde blass. Sofort schämte sich Violette ihres Einwandes, weil sie befürchtete, er könne es als Vorwurf auffassen. Ehe sie sich jedoch erklären konnte, fuhr er in schneidendem Ton fort:

»Ich bin nicht bereit, jemand anders entscheiden zu lassen, was ich zu tun habe. Daher habe ich mit ihm vereinbart, dass er Weihnachten kommen soll.«

»Vereinbart?«

»Lass mich ausreden. Ich werde ihn mit meiner Geradlinigkeit und meiner freimütigen Art konfrontieren. Ich nehme an, dass ihm solche Eigenschaften fremd sind. In seiner Naivität wird er gedacht haben, dass ich dir die Wahrheit verheimlichen würde. Damit hätte er mich vielleicht erpressen können – aber er kennt mich eben nicht.«

»Und du? Kennst du ihn?«

Instinktiv verteidigte er sich: »Natürlich nicht. Ich habe ihn noch nie gesehen!«

»Und er hat erst kürzlich Kontakt zu dir aufgenommen?«

»Ja. Zum ersten Mal Anfang September. Ich habe ihm über unseren Anwalt antworten lassen, um die Sache von vorneherein abzublocken, doch heute Abend ist er zum Angriff übergegangen.«

»Warum hat er sich nicht schon früher gemeldet?«

»Weil er selbst gerade erst erfahren hatte, dass ich sein Vater bin. Möglicherweise. Ein DNA-Test wird die Vermutung bestätigen oder auch nicht. Aber das ist nicht das Problem.«

»Sondern?«, fragte sie verwundert.

Richard begehrte auf: »Na, ich! Wir! Unser Leben. Das liegt doch wohl klar auf der Hand, oder?«

»Sicher.«

»Sollte ich vor dir sterben, darf er dich auf keinen Fall auf die Straße setzen.«

Violette sah sich kurz auf dem Gehweg inmitten einiger unerwünschter Möbelstücke und verzog flüchtig den Mund zu einem Lächeln, das sie jedoch zu verbergen versuchte.

Da er befürchtete, Violette aus dem Gleichgewicht gebracht zu haben, riss Richard sich zusammen und versuchte hastig, sie zu trösten. »Gleich morgen früh rufe ich einen Notar an und lasse eine gegenseitige Schenkung an den jeweils Überlebenden aufsetzen. Du hast also nichts zu befürchten.«

Violette senkte den Blick. Sie dachte nicht an das Erbe, sondern war der Meinung, dass ein Sohn das Recht haben sollte, seinen Vater kennenzulernen. Sie fand das völlig normal. Sie konnte sich in den jungen Mann hineinversetzen, konnte seine Einsamkeit nachempfinden, den Mut, den er hatte aufbringen müssen, um Richard anzurufen, die Hoffnung, seinen Vater wenigstens ein einziges Mal zu sehen und so eine leere Stelle in seinem Leben mit einem Gesicht zu füllen. Manchmal genügte das schon. Sie verstand nicht, warum ihr Mann so viel Wirbel um eine derart selbstverständliche Angelegenheit veranstaltete.

»Du hast recht. Lad ihn ein und mach dir keine Sorgen um mich! Ich finde das alles völlig verständlich.«

»Völlig verständlich? Mein armes Mädchen, was redest du da wieder?«

Ohne weiter darauf einzugehen, fuhr Violette fort: »Du kannst übrigens auch gern die Mutter einladen. Mir macht es nichts aus.«

Weil er die Reaktion seiner Frau beim besten Willen nicht verstand, fügte Richard fast unbeabsichtigt hinzu: »Ich glaube kaum, dass sie kommen kann. Sie liegt nämlich im Krankenhaus. Alzheimer oder etwas in dieser Art, wenn ich es richtig verstanden habe.«

Violette warf ihm einen mitleidigen Blick zu, stand mit einer graziösen Bewegung auf und begann, den Tisch abzuräumen. Er hatte ihr wirklich eine Menge verschwiegen, doch jetzt wusste sie wenigstens, warum er sich seit Anfang September so seltsam verhielt. Statt sich jedoch damit zu trösten, machte es sie nur traurig. Durch sein mangelndes Vertrauen, seine Kälte und seine ständig schlechte Laune hatte Richard dafür gesorgt, dass sie sich zunehmend unwohl gefühlt und sich mit jedem Tag weiter von ihm entfernt hatte. Ihre Befürchtung hingegen, er könne sich von ihr trennen wollen, traf offenbar nicht zu. Stattdessen kam ihr plötzlich ein ganz anderer Gedanke. Endlich sah sie eine Möglichkeit, sich nützlich zu machen und ihrem Leben einen neuen Sinn zu verleihen. Sie konnte diesem jungen Mann helfen, seinen Vater kennenzulernen und sich eine neue Familie zu schaffen. Die Wohnung wirkte so traurig, seit Céline ausgezogen war. Was Richard als Katastrophe empfand, würde sich vielleicht als letzte Chance für ihre Ehe herausstellen.

Als wäre nichts geschehen, verkündete sie unbefangen: »Morgen früh besorge ich einen Baum. Danach muss ich für Sara einen Wohnungsverkauf abschließen. Wie du siehst, habe ich auf dich gehört: Ich habe mir Arbeit gesucht.«

Richard nippte an seinem Weinglas und antwortete nicht. Seiner Ansicht nach verhielt sich seine Frau wie der Vogel Strauß und steckte angesichts des Ernstes der Lage den Kopf in den Sand. Mühsam unterdrückte er eine gewisse Verachtung und zog sich in den Elfenbeinturm seiner Einsamkeit zurück.

Ehe Violette mit dem vollen Tablett das Zimmer verließ, erklärte sie: »Ich wüsste gern den Namen des Krankenhauses.«

»Welches Krankenhaus?«

»Wo die Mutter liegt. Die Mutter deines Sohnes.«

Richard zuckte zusammen, gab dann aber knapp zur Antwort, dass sie das nichts angehe.

»Du hast einen Flecken auf das Parkett gemacht«, entgegnete sie sanft und deutete auf sein Weinglas.

Am folgenden Morgen strahlte die Sonne geradezu vom Himmel. Violette betrat die zu verkaufende Wohnung deutlich vor der vereinbarten Zeit. An diesem Tag war die Aussicht vom Schlafzimmer aus einfach überwältigend. Violette legte sich auf den Boden, schloss die Augen und rief sich die Erlebnisse des Vorabends ins Gedächtnis zurück. Heute jedoch war es nicht das Gesicht ihres fünfzehnjährigen Jugendfreundes, das sie vor sich sah, sondern François' Gesicht.

Beunruhigt sprang sie auf und ging hinaus, um das junge Paar vor der Tür in Empfang zu nehmen. Als die beiden eintrafen, befolgte sie Saras Ratschläge Wort für Wort. Sie lächelte, hörte zu und ließ sie im Schlafzimmer allein. Anschließend wiederholte sie ihnen ihre Worte vom Tag zuvor, um sie noch einmal daran zu erinnern, sorgte dann für Entspannung, indem sie ihnen erklärte, sie könnten sich alles noch einmal in Ruhe überlegen, weil es noch andere Interessenten für das Objekt gäbe. Und es funktionierte.

Noch immer verblüfft, wie schnell das Geschäft über die Bühne gegangen war, rief sie Sara an. »Sie nehmen die Wohnung! In einer Stunde kommen sie ins Büro.«

Sara tat, als wäre sie überrascht, und machte Violette

ein großes Kompliment. Die jungen Leute hatten ihr allerdings schon am Vorabend mitgeteilt, dass sie zum Kauf entschlossen waren. Doch hatte Sara darauf bestanden, dass sie sich die Wohnung vor der endgültigen Unterzeichnung des Kaufvertrags noch einmal ansahen.

»Bravo, Süße! Du siehst, das Leben ist wirklich schön. Wenn du etwas ernsthaft willst, geschieht es auch. Ich rufe dich später an, ich habe gerade Kundschaft.«

Violette klappte ihr Handy zu und bemühte sich, das Bild des jungen Mannes aus dem Kopf zu verbannen, den sie gern »ihren Liebhaber« genannt hätte. Genau hier lag offenbar das eigentliche Problem: In welche Richtung wollte sie gehen? Worauf hatte sie Lust?

Als sie statt des üblichen kleinen Baumes eine zwei Meter hohe Weißtanne auswählte, glitten ihre Gedanken zurück zu dem unbekannten Sohn ihres Mannes. Sie vergaß François. Richard und sie waren jetzt quitt. Die alte Geschichte, die er ihr am Abend zuvor gestanden hatte, löschte die Lüge aus, in die sie sich beinahe verrannt hätte. Endlich wusste sie, was sie wollte. Sie wollte eine neue Zukunft mit Richard. Und eine neue Familie, die aber erst noch entstehen musste.

In diesem Jahr würde sie alles anders machen. Dieses Jahr würde sie nicht das Silber aus der Schatulle benutzen, das sie immer stundenlang polieren musste; so würde es ihr auch erspart bleiben, den unangenehmen Geruch der Silberpolitur einzuatmen. Auch das große, bestickte Tischtuch, das bei der geringsten Bewegung Falten warf, würde im Schrank bleiben, ebenso wie das weiße, mit Blattgold verzierte Porzellan, das in der Familie ihres Mannes seit Generationen weitervererbt wurde und das sie immer von Hand spülte, damit es auch nach ihrem Tod noch präsentabel blieb. Bei dem Gedanken, dass sie diese verflixten Sammelteller alle auf einmal fallen lassen könnte, musste sie lächeln. Der Wunsch, etwas vorsätzlich zu zerstören, war ihr eigentlich fremd, und sie fragte sich, wie es sich wohl anfühlen mochte, wenn sie es wirklich einmal täte.

Sie lief durch die Straßen und bewunderte die heitere poetische Zauberwelt in den Schaufenstern der großen Kaufhäuser, die hübsche Beleuchtung und die ausgeklügelte, wenn auch kurzlebige Perfektion. Genau genommen war sie kein Freund bleibender Dinge, hatte aber gleichzeitig Angst vor jeglicher Veränderung. Bis heute.

Nachdem sie dreimal vor den Galeries Lafayette hin und her gegangen war, betrat sie das Kaufhaus schließlich mit entschlossenem Schritt. Hingerissen entdeckte sie, die nie ihr ruhiges Viertel zu verlassen pflegte, die auffälligen Designs moderner Dekorateure, neue Farben und Materialien. Sie schlenderte durch die Abteilungen mit Tischdekorationen und setzte sich mit neuen Ideen auseinander, damit der junge Mann sich in ihrer Wohnung, die ihr plötzlich so altmodisch erschien, nicht wie ein Fremder fühlte. Violette suchte nach etwas Originellem, Modernem und Fröhlichem, um ihn die gediegene Feierlichkeit der Möbel und der alten Teppiche vergessen zu lassen, die seinem Vater so ans Herz gewachsen waren. Mit derselben Gründlichkeit hielt sie anschließend nach einem Geschenk Ausschau, das ihm gefallen und dafür sorgen könnte, dass er sich wohlfühlte. Sie würde zu ihm sagen: »Fühlen Sie sich bei uns ganz wie zu Hause.« Dabei fiel ihr ein, dass sie völlig vergessen hatte, Richard nach dem Vornamen seines Sohnes zu fragen.

Als sie den Stellplatz im Parkhaus verließ, war das Auto vollgestopft mit Paketen und Geschenkpapierrollen. Beim Fahren musste sie sich weit nach links lehnen, um nicht mit den Zweigen des Christbaums in Berührung zu kommen, der zwischen den Sitzen klemmte. Ganz mechanisch blieb sie einen Moment in der Ausfahrt stehen, um einen Blick auf die vorübereilende Menge zu werfen. Ob François auftauchen würde? Leider nicht. Niemand Bekanntes war zu sehen. Vielleicht weil heute so schönes Wetter war. Wunder geschahen eher bei Regen. Violette genoss das Glück, das die Weihnachtseinkäufe ihr in diesem Jahr bescherten. Sie griff in ihre Tasche und holte das zusammengefaltete Stück Papier mit dem Namen und der Adresse heraus, die sie aufgeschrieben hatte. *Lola Grimal, Krankenhaus Cochin, Zimmer dreihundertneun.*

Seit dem Morgen war François ihr gefolgt. Er hatte sich die ganze Woche freigenommen. Als Violette an der Ausfahrt des Parkhauses der Galeries Lafayette angehalten hatte, verdrängte er den Impuls, überraschend in ihren Wagen einzusteigen, obwohl er große Lust dazu gehabt hätte. Sollte er sie auf den Schock vorbereiten? Sollte er ihr verraten, dass er der Weihnachtsgast war? Sollte er ihr die Wahrheit sagen oder ihr die Überraschung gönnen, die Lüge ihres Mannes selbst zu entdecken? Was mochte Richard erfunden haben, dass sie einen Fremden als Gast an der weihnachtlichen Tafel akzeptieren konnte? »Er ist der Sohn eines Freundes, der ganz allein in Paris ist«? »Er ist mein zukünftiger Lehrling«? »Er ist mein Squash-Partner«?

François würde sich einen Spaß aus der Antwort darauf machen: »Aber nein, das stimmt doch nicht. Ich bin einfach nur Ihr unehelicher Sohn. Leider muss ich Ihr Geheimnis enthüllen, denn ich habe mich in Ihre Frau verliebt und ertrage es nicht, sie anzulügen.«

Mit diesen Worten würde er aufstehen und die Wohnung verlassen. Mit der unbeirrbaren Zuversicht der Jugend war er überzeugt, dass sie ihn spätestens im Treppenhaus einholen würde. Für ihn bestand nicht der geringste Zweifel an Violettes Entscheidung angesichts der offensichtlichen Lüge ihres Mannes und seines eigenen Wahrheitseingeständnisses, zumal seine Gefühle für sie immer tiefer wurden.

Er sah dem sich entfernenden Auto nach und beschloss, Violette nicht zu folgen.

Der Aufzug hielt im dritten Stock. Vor der Tür wartete ein bis aufs Skelett abgemagertes junges Mädchen, das sich an seinen Infusionsständer klammerte. Violette senkte den Kopf und schämte sich dafür, gesund zu sein. Auf der Suche nach der richtigen Zimmernummer ging sie den Flur entlang. Anhand des Namens, der Richard zufällig entschlüpft war, hatte sie das Krankenhaus leicht ermitteln können. Sie hatte dafür nur eine Viertelstunde herumtelefonieren müssen. Violette freute sich auf die Aussicht, Richards erste große Liebe kennenzulernen, als könnte dieser Umstand den leidenschaftlichen jungen Mann wiedererwecken, der er früher gewesen war. Was sie sah, schnürte ihr jedoch die Kehle zusammen. Die Hälfte aller Türen stand offen. Unwillkürlich wurde Violette Zeugin der verlorenen Würde der Patienten, denen hier jede Privatsphäre versagt blieb. Schließlich betrat sie das Zimmer dreihundertneun.

»Guten Tag, Madame Grimal.«

Richards frühere Geliebte betrachtete sie mit gerunzelter Stirn. Violette wunderte sich über die Klarheit ihres Blicks. Mit einem unbehaglichen Gefühl und um Haltung zu bewahren, zog sie ein kleines Päckchen aus ihrer Tasche.

Dieses Mal hatte sie die glasierten Maronen wohlweislich vermieden.

»Ich habe Ihnen Schokolade mitgebracht.«

Die Frau antwortete mit leiser Stimme: »Sehr freundlich, aber Madame Grimal ist die Dame neben mir.«

»Entschuldigen Sie«, sagte Violette verwirrt. »Darf ich Ihnen trotzdem ein Stück davon anbieten?«

Die Kranke warf mit einer schnellen Bewegung die Bettdecke zurück. »Leider nein. Ich habe nämlich Diabetes. Zusätzlich zu dem hier. Sehen Sie nur.«

Als Violette die aufgedunsenen, rot und weiß marmorierten Beine sah, biss sie sich auf die Lippen.

»Es tut mir wirklich sehr leid«, sagte sie und ließ die Tafel Schokolade wieder in ihrer Tasche verschwinden.

»Kein Problem.«

Diskret drehte sich Violette zu dem Bett am Fenster um. Die Frau wandte ihr den Rücken zu. Violette ging vorsichtig um das Bett herum, um ihr Gesicht zu sehen. Verblüfft konstatierte sie das jugendliche Aussehen der Kranken.

»Lola Grimal?«

Die Frau schien sich Violettes Gegenwart nicht bewusst zu sein. Sie hielt die Augen auf das Fenster gerichtet. Violette nahm sich einen Stuhl.

»Gestatten Sie, dass ich mich setze?«

Keine Reaktion. In der Stille des Zimmers musste Violette an ihren Mann denken – an die vorgetäuschte Gleichgültigkeit, mit der er Lolas Zustand erwähnt hatte. Ganz so, als wollte er die schönen Erinnerungen seiner Jugend schützen.

»Mögen Sie Schokolade?«, fragte sie.

Lola Grimal wandte ihr das Gesicht zu und wiederholte: »Schokolade.«

»Ja, Schokolade«, bestätigte Violette mit einem ermutigenden Lächeln.

Sie riss das Papier auf, brach ein Stück von der Tafel ab und ließ es vorsichtig zwischen die trockenen Lippen der Kranken gleiten. Lola Grimal nahm es an und lutschte es langsam.

»Das ist gut. Wer bist du?«, fragte sie mit einer Stimme, die plötzlich schrill und brüchig klang – der Stimme einer alten Frau, die so gar nicht zu dem glatten Gesicht passen wollte. »Ist es schon so weit?«

Violette wusste nicht, was sie antworten sollte, aber die Bettnachbarin flüsterte ihr zu:

»Sagen Sie einfach nur Ja. Das genügt. Genau das habe ich heute Morgen auch ihrem Sohn erklärt. Einfach immer nur Ja sagen.«

Violette zuckte zusammen. »War er heute Morgen da?«

Sie bedauerte, ihn nicht getroffen zu haben. Gern hätte sie ihn allein kennengelernt, ohne dass Richard dabei war. Nur so, um eine Vorstellung von ihm zu bekommen.

Die Bettnachbarin fuhr seufzend fort: »Sie hat nur ihn, die Ärmste! Aber wissen Sie, es gibt Leute, die haben eine große Familie, so wie ich, und trotzdem kommt niemand.

So ist es nun einmal. Aber ich mache mir nichts daraus. Wenn es um das Erbe geht, werden sie schon anrücken. Nur schade, dass ich dann nicht mehr da bin, um ihre Gesichter zu sehen. Ich habe nämlich mein komplettes Vermögen verspielt. Autsch! Wie weh mir diese verflixten Stempel heute wieder tun! Könnten Sie bitte die Schwester rufen, Kleines?«

Violette stand sofort auf und machte sich auf die Suche nach der diensthabenden Krankenschwester.

»Eine sehr freundliche Dame«, sagte Lola zu dem leeren Stuhl neben ihrem Bett.

Violette kam mit der Schwester zurück und setzte sich wieder zu Lola Grimal. In Anwesenheit dieser Frau ohne Erinnerungen fühlte sie sich merkwürdigerweise viel sicherer als sonst. Vielleicht, weil sie nicht beurteilt wurde. Sie beugte sich nach vorn und flüsterte der Älteren ins Ohr:

»Sie sind sehr schön, Lola.«

»Schokolade.«

Violette steckte ihr ein Stück in den Mund und fuhr, immer noch nah an ihrem Gesicht, fort:

»Warum haben Sie Richard nie erzählt, dass Sie Ihren Sohn behalten haben? Wenn Richard von Ihnen spricht, spürt man, dass er Sie sehr geliebt hat. Jedenfalls mehr als mich, glaube ich. Ich war eben einfach gerade da, nichts weiter. Ich habe die Leere gefüllt, die Sie hinterlassen haben.«

Sie unterbrach sich. Eine Welle tiefen Gefühls überrollte sie, das nichts mit ihr selbst zu tun hatte, sondern mit der

Wahl, die diese Frau sich selbst zugemutet hatte. Lola hatte den Mann, den sie liebte, für das Kind geopfert, das sie von ihm wollte. Wie hätte sie selbst wohl auf ein solches Dilemma reagiert?

Violette holte tief Luft und fügte hinzu: »Vielleicht ist er nur so kühl geworden, weil er sich diese Abtreibung niemals verziehen hat … Und vielleicht ist es die Lüge, die Ihrem Kopf derart zugesetzt hat … Gehen wir doch einfach davon aus, dass es noch nicht zu spät ist, alles wieder ins Lot zu bringen. Einverstanden?«

»Einverstanden«, wiederholte Lola, die offenbar nur das letzte Wort registriert hatte.

Ermutigt sprach Violette weiter: »Von jetzt an brauchen Sie sich keine Sorgen mehr um Ihren Sohn zu machen. Es wird ihm an nichts fehlen, und er wird nicht mehr allein sein … Und Sie auch nicht.«

»Schokolade.«

Violette wischte sich mit dem Handrücken eine Träne von der Wange. »Lieber nicht. Das wäre jetzt wirklich zu viel.«

Aber Lola war schon längst nicht mehr bei ihr. Sie fixierte eine Stelle in der Mitte der Zimmerdecke, nahm einen Zipfel ihres Kopfkissens in den Mund und kaute darauf herum.

»Entschuldigen Sie, Madame«, sagte die Krankenschwester, »könnten Sie bitte den Raum verlassen? Die Patientinnen werden jetzt versorgt.«

Violette gehorchte. Ihr Herz war schwer von den Fragen, die sie dieser unerreichbar wirkenden Frau hatte stellen wollen. Dieser Frau, die ein Kind ihres Ehemannes unter dem Herzen getragen und mit Sicherheit den *wahren* Richard gekannt hatte.

»Kommen Sie ruhig wieder einmal vorbei«, rief die Bettnachbarin ihr nach.

Die große, mit vielen blinkenden Lichtern dekorierte Weißtanne verbarg die reparierte Napoleon-III-Vitrine samt der kompletten Kristall- und Kitschsammlung. Man konnte geradezu aufatmen, fand Violette. Sie hängte noch kupferfarbene Lichterketten auf, verteilte kleine Zweige aus gebleichtem Holz, die ihr besonders gut gefallen hatten, und verhüllte die Möbel im Wohnzimmer mit metallisch glänzendem Stoff.

Sie warf einen letzten prüfenden Blick auf das bernsteinfarbene Satintischtuch. Besteck aus leuchtend orangefarbenem Plastik lag neben Einwegtellern aus Sandelholz, in der Deko wechselten sich ziselierte Kerzenständer mit kleinen Blumensträußen ab. Pop-Art-Blätter auf Tabletts aus Aluminium rundeten das Ganze mit einer verspielten, leicht schrägen Note ab. Violette hatte Richard gebeten, das Zimmer erst im letzten Augenblick zu betreten, nicht wegen der Überraschung, sondern weil sie ihn daran hindern wollte, alles fortzureißen, um das von seinem Vater in den Sechzigerjahren kreierte Ambiente wiederherzustellen.

Sorgfältig hatte sie ihr Outfit ausgewählt und sich für ein figurbetontes, hochgeschlitztes schwarzes Kleid und gewagte Absätze entschieden. Sie wollte einen guten Eindruck hinterlassen und modern aussehen. Während sie auf Richards Sohn warteten, schritt sie auf ihren neuen Stilettos den Flur auf und ab und bemühte sich dabei, sich weder die Knöchel zu verrenken noch aus Angst vor einem Mangel an Gleichgewicht eine krumme Haltung einzunehmen.

Es läutete an der Tür. Violette richtete sich auf und prüfte den Sitz der Spange, die ihre frisch gewaschenen Haare zusammenhielt. Es war die Spange, die ihre Mutter auf allen Fotos trug, und das einzige Erinnerungsstück, das sie von ihr besaß. Sie holte tief Luft, öffnete und hielt wie versteinert inne, als sie François vor der Tür stehen sah.

»Aber … was führt Sie denn hierher?«

Er lächelte sie an, fühlte sich jedoch weit weniger entspannt als angenommen. »Ich wollte Ihnen nur frohe Weihnachten wünschen. In der Werkstatt Ihres Mannes war noch Licht, deswegen bin ich gekommen. Ich dachte, Sie wären allein.«

Violette sagte nur: »Ah!« Es bewegte sie sehr, ihn zu sehen. »Sie kennen die Werkstatt meines Mannes?«, erkundigte sie sich verwundert.

»Nun, auf der Tür steht *Werkstatt Domm.*«

Sie runzelte die Stirn. »Aber ich habe Ihnen gegenüber doch niemals seinen Namen erwähnt.«

Sie konnte ihn nur kurz verunsichern.

»Sie haben ihn am ersten Tag von meinem Handy aus angerufen«, sagte er. »Dabei habe ich zufällig gehört, wie die Mailbox sich meldete: *Richard Domm. Bitte hinterlassen Sie eine Nachricht.*«

Sie nickte und biss sich auf die Lippen. Die Erwähnung ihres »ersten Tages« rührte sie zutiefst. Aber das war jetzt nicht der passende Moment.

François hingegen hatte gegen die plötzliche Anwandlung zu kämpfen, auf die ganze Inszenierung zu verzichten und Violette sein Spiel gleich hier auf der Fußmatte zu erklären. Doch er tat es nicht, sondern trat in den Flur.

»Ich freue mich sehr, Sie zu sehen, Madame Richard Domm. Würden Sie mir eine Weihnachtsfreude machen und mir Ihren Vornamen verraten?«

Sie schüttelte den Kopf und suchte nach einer Möglichkeit, ihn wegzuschicken, ohne ihn zu verletzen. »Hören Sie, François, dieses Jahr haben wir ein ganz besonderes Essen …«

»Ach, wirklich?«, meinte er und zupfte am Band eines Geschenkpakets.

»Mein Mann erwartet seinen Sohn, den er noch nie zuvor gesehen hat.«

François starrte sie an. Violette fuhr fort:

»Mag sein, dass es sich ein wenig merkwürdig anhört, doch so ist es tatsächlich.«

François schluckte schwer. Er fühlte sich am Boden zerstört. Richard hatte seiner Frau tatsächlich die Wahrheit gesagt! Dieser Frau in ihrem schwarzen Kleid und den hohen Absätzen, die nicht so recht zu ihr passen wollten, dieser

Frau, deren Leben er durch eine Enthüllung durcheinanderbringen wollte, die jetzt keine mehr war. Nun war er der einzige Lügner. Wie sollte er da wieder herauskommen?

Für eine Sekunde schloss Violette die Augen: François küsste sie mitten im Esszimmer zwischen der Weihnachtsdeko. Sofort öffnete sie mit einem merkwürdigen Gefühl im Bauch die Augen wieder. Sie entdeckte das Geschenk, das er auf dem Klavier abgestellt hatte, und fragte mechanisch:

»Ich hoffe doch, dass Sie heute Abend nicht allein sind …«

Er hörte sich antworten: »Das hängt ganz von Ihnen ab.«

Sie errötete und murmelte: »Ich würde Sie ja gern einladen, aber …«

Sie beendete ihren mit einer kleinen fatalistischen Handbewegung unterstrichenen Satz nicht. Er nickte und dachte bereits an die Ausreden, die er erfinden musste, falls er doch bleiben sollte.

Vorsichtig zog sie ihren linken Fuß aus den schwindelerregend hohen Schuhen und entschuldigte sich:

»Ich bin es nicht gewohnt, so groß zu sein. Das kommt mir irgendwie merkwürdig vor. Mir ist es lieber, den Kopf zu heben, um den Leuten in die Augen zu schauen.«

Sie hörte Schritte auf der Treppe. Ihre Uhr zeigte neunzehn Uhr dreißig. Das war bestimmt Richard. Sie wurde von einer Art Panik ergriffen. Plötzlich wurde ihr klar, dass sie allein mit ihrem Ehemann würde essen müssen, sollte der junge Unbekannte nun doch nicht auftauchen. Richard würde ihr wahrscheinlich den ganzen Abend die Pop-Art-Deko vorwerfen, die dann keinen Sinn mehr hatte. Auch für das Geschenk, das sie mit viel Glück aufgetrieben hatte – ein großes, auf alt getrimmtes Fotoalbum, auf dem in Goldbuchstaben *FAMILY BOOK* stand und in das sie Bilder von Richard, von Céline als Baby und von sich selbst eingeklebt hatte –, erwartete sie nichts als Kritik.

Drängend flüsterte sie François zu: »Dann bleiben Sie einfach zum Essen. Dann wären wir zu viert, und alles wäre vielleicht etwas entspannter.«

Während sie sprach, beobachtete er ihren schmalen Fuß außerhalb des Schuhs und sah, wie sich ihr Körper unwillkürlich ein wenig nach links neigte. Widerwillig beschloss er, wieder zu gehen.

In diesem Augenblick erschien Richard auf dem Treppenabsatz. Er blieb sofort stehen und musterte den Besucher mit feierlicher Miene, die sofort wieder verschwand, als Violette erklärte:

»Das ist der Herr mit dem Schirm. Er ist Weihnachten allein, deshalb habe ich ihm vorgeschlagen, mit uns zu essen.«

Weil Richard François nun mit undurchdringlicher Miene musterte, beeilte sie sich hinzuzufügen:

»Ich habe ihm gesagt, du würdest dich freuen, dich bei ihm bedanken zu können. Immerhin hat er mich an dem

Tag, als du mich auf dem Friedhof vergessen hast, nach Hause gebracht.«

Richard warf seiner Frau einen bösen Blick zu, betrat die Wohnung und sagte wenig höflich: »Ja, natürlich.« Er war sauer. Dieser blonde Intellektuelle mit den breiten Bauernhänden hätte ihm als Lolas Sohn gut in den Kram gepasst. Der junge Mann war genau der Typ, dem er liebend gern das Maul gestopft hätte.

Sie standen noch bei geöffneter Wohnungstür im Flur, als sie den Aufzug hörten. Violette hielt den Atem an. Richard blickte wie gebannt auf den Treppenabsatz hinaus. Lediglich François sah seelenruhig zu, wie der Aufzug an ihrer Etage vorbeifuhr. Nervös schloss Richard die Tür hinter ihnen. Sie würden natürlich nicht wie angewurzelt dort stehen bleiben und auf die Rückkehr des verlorenen Sohnes warten! Erneut wandte er sich dem unerwünschten Besucher zu, der die Tischordnung störte. Andererseits, so kam es ihm in den Sinn, wäre die Anwesenheit eines Dritten dem vermeintlichen Eroberer vielleicht unangenehm, was wiederum nicht schlecht war. Richards Gesicht entspannte sich.

»Er ist Pianist«, sagte Violette, um das Schweigen zu brechen.

François nickte, während Richard zerstreut auf seine Uhr blickte.

»Fünf Minuten zu spät.«

Und wenn er nun nicht kam? Trotz seiner Arroganz am

Telefon könnte er durchaus Angst vor der Konfrontation bekommen haben.

Richard betrachtete seine Frau und fand sie lächerlich, wie sie mit dem scheußlichen Schuh in der Hand schräg wie der Schiefe Turm von Pisa dastand. In ihrem schwarzen Kleid wirkte sie noch zerbrechlicher, als sie ohnehin schon war. Seit Lola in sein Leben zurückgekehrt war, wurde so vieles wieder wach. Er erinnerte sich seiner Jugend, seiner Sorglosigkeit, der viel zu kurzen Nächte, in denen er Lola unersättlich geliebt hatte, und daran, wie leicht es ihm gefallen war, ihr Lust zu verschaffen. Nie wieder hatte er so etwas erlebt. Vielleicht erschöpfte sich mit zunehmendem Alter das Kapital an Begehren, wie sich die Sonnentoleranz erschöpfte, vielleicht aber wurde es auch nur zu etwas Überflüssigem, etwas Gefährlichem oder etwas, das dem Organismus nicht mehr guttat. Seit September hatte er ein paar Mal versucht, mit seiner Frau zu schlafen, doch es war ihm nicht wieder gelungen. Der hilflose Blick der Lola von damals drängte sich zwischen sie. Dann flüchtete er an den äußersten Rand des Bettes und stellte sich schlafend. Der Gedanke, dass sein angeblicher Sohn kurzfristig absagen könnte und er mit Violette und einem leeren Teller allein bleiben würde, flößte Richard tatsächlich so etwas wie Angst ein. Gut, dass der Pianist vorbeigeschaut hatte.

»Ich werde noch ein Gedeck auflegen«, erklärte Violette und humpelte ins Wohnzimmer.

Richard nahm dem jungen Mann den Mantel ab und öffnete den großen Garderobenschrank aus Kastanienholz.

»Danke sehr«, sagte François und berührte unter den verdutzten Blicken seines Gastgebers das glänzende Holz mit der Einfühlsamkeit eines Kunstschreiners.

Als Richard das Wohnzimmer betrat, zuckte er angesichts der Dekoration seiner Frau zusammen. Sie tat wirklich alles, ihn zu provozieren. Er musste sich sehr zusammennehmen, um nicht alles in Stücke zu reißen. Bissig wandte er sich an sie:

»Du kannst deinen Schuh ruhig wieder anziehen. Oder ist Humpeln jetzt auch modern?«

Verlegen warf Violette François einen flüchtigen Blick zu, ehe sie gehorchte.

»Interessante Farben«, bemerkte François mit neutraler Stimme, um die Atmosphäre ein wenig zu entspannen.

»Normalerweise stehen hier Möbel statt dieser Hüllen«, erklärte Richard. Er trat an den Tisch und pfiff durch die Zähne, versuchte aber immer noch, Ruhe zu bewahren. »Was bezweckst du mit diesen Scheußlichkeiten? Wo ist das Tischtuch meiner Großmutter?«

»Im Schrank. Wieso?«, antwortete Violette.

Richard gab einen knurrenden Laut von sich, verzichtete jedoch auf eine weitere Diskussion. Das würden sie später klären, wenn sie allein waren. Erneut blickte er auf seine Uhr. Alles hatte er eingeplant – bis auf das Nicht-Auftauchen seines angeblichen Sohnes. Die Rolle des gutmütigen heiteren Familienvaters, die er sich ausgedacht hatte, um den jungen Mann zu verunsichern, zerrte jetzt an seinen Nerven. Vor allem befürchtete er, dass die anderen bemerkten, was in seinem Innern vorging: dass er nämlich geradezu darauf brannte, seinen möglichen Sohn mit eigenen Augen zu sehen.

»Ob er einen Unfall hatte?«, fragte Violette, plötzlich beunruhigt.

»Das fehlte gerade noch«, sagte François.

»Lasst uns den Champagner öffnen! Dann kommt er bestimmt«, meinte Richard und verließ den Raum.

»Gut, dass Sie da sind«, flüsterte Violette. »Richard will es zwar auf keinen Fall zeigen, doch er ist sehr gespannt darauf, seinen Sohn kennenzulernen. Wahrscheinlich hat er ihn sich so vorgestellt, wie er selbst ist: geradezu krankhaft pünktlich.«

François antwortete nicht. Er hatte nur eine einzige Sehnsucht: Er wollte Violette auf dieses lächerliche Tischtuch werfen, die Spange lösen, die ihr Haar einpferchte, und sie lange und lustvoll lieben. Doch er musste Geduld haben. Dies sah zumindest sein Plan B vor, der nichts mit seinen Begierden zu tun hatte, an den er sich aber halten wollte.

Richard kehrte mit dem Champagner und stilvollen Kristallschalen zurück. Mit tonloser Stimme stellte er fest: »Sobald wir anstoßen, wird er bestimmt klingeln.«

François musterte ihn überrascht. Dieser Mann wartete tatsächlich ungeduldig auf den ihm unbekannten Sohn und machte sich Sorgen, versetzt zu werden. All das hatte nichts mehr gemein mit dem Ton, den er am Telefon angeschlagen hatte, ebenso wenig wie mit dem des Briefs von seinem Anwalt. Plötzlich verspürte François nicht mehr das geringste Bedürfnis, sich an ihm zu rächen. Lediglich die Gefühle für seine hübsche Stiefmutter hinderten ihn an einer Konfrontation.

Während sie ihre Gläser hoben, warf Richard einen verstohlenen Blick auf sein Handy. Dann leerte er sein Glas in einem Zug. Violette, die ihre Schuhe nun endgültig ausgezogen hatte, tat es ihm gleich.

»Soll ich den Herd ausschalten?«, schlug sie vor. »Wenn der junge Mann nicht innerhalb der nächsten halben Stunde kommt, ist der Truthahn verkohlt.«

Richard nahm sein Telefon und wählte die Nummer, die er unter der Abkürzung *F.* eingespeichert hatte.

François spürte die Vibration an seinem Hinterteil. Um das Geräusch zu übertönen, griff er herzhaft zu den Kartoffelchips und ließ sie zwischen seinen Zähnen krachen.

»Hier spricht Richard Domm. Es ist jetzt neunzehn Uhr dreiundfünfzig. Bitte rufen Sie mich an, wenn Ihnen etwas dazwischengekommen ist!«

Er nannte vorsichtshalber Adresse und Stockwerk, legte auf und schenkte die Champagnerschalen noch einmal voll. Dabei betrachtete er erneut die Dekoration seiner Frau. Abrupt stand er auf und riss mit einem Griff den metallisch glänzenden Stoff von den Möbeln.

Spontan rief François: »Aber die ist ja wunderschön! Herrlich, diese Napoleon-III.-Vitrine mit den Bronzefüßen!«

Überrascht sah Richard ihn an. »Es kommt selten vor, dass jemand in Ihrem Alter diesen Stil mag und ihn überdies auch noch zu benennen weiß.«

Jetzt erst verstand François, warum Lola so viele Bücher über Möbelschreinerei in verschiedenen Jahrhunderten gesammelt hatte. Es war ihre Art, die Erinnerung an ihre große Liebe wachzuhalten.

»Den Geschmack für alles Schöne habe ich von meiner Mutter«, murmelte er.

»Da haben Sie Glück«, erklärte Richard. »Ganz wie meine Tochter. Dank der Liebe zu Antiquitäten, die ich ihr vermittelt habe, hat sie es in Amerika weit gebracht. Ich bin sehr stolz auf sie. Sie weiß, wie sie die Sachen verkaufen muss. Man kann sagen, was man will – es liegt eben doch in den Genen.«

Violette versank mit ihrer Champagnerschale fast im Sofa. Sie zog es vor, sich jeglichen Kommentars zu enthalten. Céline verkaufte in einer Fabrik auf alt getrimmte Imitationen mit falschen Wurmlöchern. Was die Gene anging, so war sie dabei, die ihres Vaters auszumerzen. Da Richard sich jedoch weigerte, dies zu erkennen, war er nach wie vor sehr stolz auf sie.

Mit freundlichem Lächeln erkundigte sich François bei Richard: »Und Ihr Sohn? Was macht er beruflich?«

Richard blickte ihn unsicher an. »Dies und das«, sagte er schließlich. »Er ist noch auf der Suche.«

»Ihre Frau hat mir erzählt, dass Sie erst seit kurzer Zeit von seiner Existenz wissen.«

Richard richtete sich auf. Er warf Violette einen vorwurfsvollen Blick zu. Sein Ton jedoch blieb unverändert. »Und er von meiner. Gut, mit Rücksicht auf den Truthahn sollten wir vielleicht zu Tisch gehen, wenn es Ihnen nichts ausmacht.«

»Wenigstens ist für ihn ein Gedeck aufgelegt«, meinte François locker.

»Mir ist eben aufgefallen, dass Sie den Garderobenschrank im Eingang mit einem gewissen Respekt und Verständnis berührt haben …«

»Ja, ich mag Kastanienholz.«

»Sie haben recht. Es ist das einzige Holz, das nie wurmstichig wird.«

»Nie«, betonte François mit ernster Miene.

Richard wies ihm einen Stuhl zu, hielt ihn aber, als er sich setzen wollte, kurz zurück.

»Welcher Stil?«, fragte er mit einem kecken kleinen Lächeln.

François drehte sich um, begutachtete die Blende der Rückenlehne, fuhr mit dem Zeigefinger über eines der mit Ringen versehenen Stuhlbeine, forschte in seinen Erinnerungen an die Bücher seiner Mutter und wagte es. »Directoire.«

»Beinahe«, freute sich Richard. »Anfang des Consulat. Eines Tages werden solche Möbel zu Klassikern des Empire. Wissen Sie, woher das Design stammt? Oder zumindest die Inspiration dazu? Die Ursprünge sind, sagen wir, ziemlich vulkanisch …«

»Aus den Ausgrabungen von Pompeji.«

Richard hielt einen Augenblick inne. »Sie beeindrucken mich, junger Mann.«

»Sie haben mir geholfen.«

»Schade, dass nicht Sie mein Sohn sind!«, seufzte Richard. »Wir hätten interessante Gespräche führen können. Wer weiß, vielleicht hätte ich Sie zum Möbelrestaurator ausbilden können, wie mein Vater es mit mir gemacht hat. Es ist eine Sache, den Stil zu erkennen, aber eine ganz andere, das Material von innen her zu verstehen und zu begreifen, wie man es wieder in seinen ursprünglichen Zustand zurückversetzen kann. Möbel zu restaurieren ist der schönste Beruf der Welt. Pianist ist natürlich auch interessant, doch es ist immer die gleiche Klaviatur, und es sind immer dieselben Noten, nicht wahr? Und so viele Noten gibt es schließlich auch gar nicht.«

»Stimmt schon, man hat sie schnell durch«, antwortete François und fragte sich angesichts der skurrilen Aussage, ob er diesen merkwürdigen Mann wirklich weiter umgarnen sollte, der so brillant über Holz sprechen konnte, ansonsten jedoch offenbar wenig aufgeschlossen war.

»Das Klavier im Flur hat mein Vater meiner Mutter

geschenkt«, verkündete Richard mit traurigem Gesicht. »Zwei Wochen lang hat sie Stunden genommen, aber dann wurde es ihr fad.«

Violette hüstelte diskret, um die Aufmerksamkeit auf sich zu lenken. Sie wusste beim besten Willen nicht mehr, ob sie sich langweilte oder ob sie Hunger oder vielleicht Angst hatte.

François wandte sich zu ihr um. Sie verschwand fast zwischen den Polstern der Couch. Er sehnte sich danach, sie zu beschützen und sie von diesem Ort wegzuführen, wo es keinen Platz für sie gab. Wie einfach es doch mit diesem Richard lief! Man musste ihm nur ein wenig schmeicheln und ihm nach dem Mund reden, und schon schenkte er einem sein Vertrauen. Was mochte ihn, abgesehen von seinen Möbeln, in diesem Leben wohl noch interessieren?

»Entschuldigen Sie bitte, ich würde mir gern die Hände waschen«, sagte François.

»Erste Tür rechts am Ende des Flurs«, erklärte Richard, während er die Schatulle mit dem Silberbesteck aus dem Geschirrschrank holte.

Er wandte sich zu Violette, die immer mehr in sich zusammengesunken war. Kaum waren sie allein, zischte er ihr zu:

»Ganz gleich, ob wir zu dritt oder zu viert essen – Plastikbesteck gibt es bei mir nicht.«

»Es war doch nur für heute Abend. Ich dachte, es wäre mal etwas anderes. Eine kleine Veränderung ...«

Ein bitteres Lachen stieg in ihm auf. Veränderung. Ausgerechnet er, der jede Art von Veränderung verabscheute, würde vielleicht einiges in seinem Leben ändern müssen. Probleme waren vorprogrammiert, wenn man ein halbes Kind heiratete – man wusste nie, wie es sich entwickeln würde. Aber Violette war immer die Gleiche geblieben. Was Richard an seinem Leben liebte, die immerwährende Stabilität, die seine Vergangenheit dauerhaft sicherte, war ihm bei seiner Frau unerträglich geworden. Und doch verstärkten ihr Aufbegehren und ihre neuen Fantasien den Abscheu, den er ihr gegenüber manchmal verspürte. Aber er liebte sie doch! Trotzdem ertrug er sie nicht mehr. Bei Licht besehen war jedoch er es, der nicht mehr rundlief, seit Lola in Gestalt eines Sohnes in sein Leben zurückgekehrt war.

»Könntest du dir bitte die Schuhe wieder anziehen?«

Violette richtete sich langsam auf, stellte ihre Sektschale auf das Tablett und schlüpfte in ihre Schuhe.

»Ich glaube, er kommt nicht mehr«, sagte sie und unterdrückte ein Gähnen.

»Sei doch ein Mal positiv!«, wies Richard sie zurecht. Sein Telefon piepste.

Können wir uns bitte im Krankenhaus Cochin treffen? Danke.

Überrascht stellte Richard fest, dass seine Hand beim Lesen der SMS zitterte. Er fühlte sich gleichzeitig beruhigt und verunsichert. Wenn sein Sohn nicht hatte kommen können, wenn er im Krankenhaus zurückgehalten wurde, bedeutete das wohl, dass es Lola schlechter ging.

»Was ist los? Du siehst komisch aus. Schlechte Nachrichten?«, fragte Violette.

»Nein, nein, schon okay.«

Er durchquerte das Wohnzimmer, prallte mit François zusammen, der von draußen zurückkam, und rief ihm und Violette zu: »Fangt schon mal mit der Vorspeise an! Er hat mir eine SMS geschickt. Ich hole ihn ab.«

Die Eingangstür fiel ins Schloss. Violette sprang panisch auf und schaltete den Backofen ab. Jetzt ist es so weit, dachte sie. Von jetzt an würde ihr Leben nie wieder wie früher sein. Aber auch unter diesen neuen Umständen musste sie funktionieren. Auf dem Rückweg aus der Küche griff sie unter François' amüsierten Blicken nach dem metallisch glänzenden Stoff, der auf dem Boden lag, und brachte ihn ins Schlafzimmer. Als sie zurückkehrte, inspizierte sie den Tisch, veränderte mehrfach den Standort der Blumenvasen, zündete die Kerzen an und verstaute das Plastikbesteck widerwillig in einer Schublade.

François forderte sie auf, neben ihm auf dem Sofa Platz zu nehmen. Er wollte ihr jetzt, da sie allein waren, endlich die Wahrheit gestehen. Doch Violette schüttelte den Kopf und fuhr fort, geradezu manisch die Abstände zwischen Teller, Besteck und Gläsern zu überprüfen und die Brotkörbchen symmetrisch anzuordnen. Während er ihre fahrigen Bewegungen beobachtete, fiel ihm auf, wie wenig er doch über sie wusste.

»Violette ist kein sehr häufiger Vorname. Hat Ihre Mutter ihn ausgesucht?«

Überrascht stellte er fest, dass sie wie vom Donner gerührt stehen blieb.

»Wer hat Ihnen verraten, dass ich Violette heiße?«

»Ihr Mann. Hat es etwas mit Blumen zu tun?«

Sie wandte den Kopf ab. Schon seit Langem verbot sie sich, über ihren Vornamen nachzudenken. Sie hatte auch noch nie mit jemandem darüber gesprochen, weil niemand je danach gefragt hatte. Jetzt plötzlich jedoch verspürte sie das Bedürfnis, darüber zu reden. Vielleicht wollte sie es ja endlich einmal loswerden. Ganz sachlich antwortete sie:

»Meine Mutter ist bei meiner Geburt gestorben. Und ich war im Gesicht ganz violett, weil sich die Nabelschnur um meinen Hals gelegt hatte. Mein Vater überlegte nicht lange und nannte mich Violette. Er erzählte es mir, als ich sieben wurde, weil er meinte, dass ich in diesem Alter vernünftig genug wäre, die Wahrheit zu erfahren.«

Sie setzte sich neben ihn, nahm ihr Champagnerglas auf und leerte es. Er musste sich auf die Lippen beißen, um ihr keine Liebeserklärung zu machen.

»Ich fühle mich plötzlich absolut lächerlich in dieser Aufmachung«, sagte sie. »Am liebsten würde ich mich umziehen.«

»Jetzt entspannen Sie sich erst einmal, Violette. Sicher wird alles gut gehen.«

»Glauben Sie? Ich frage mich, ob mein neuer Stiefsohn mich überhaupt akzeptieren wird.«

»Ganz bestimmt. Vertrauen Sie ihm einfach.« Und zögernd, aber jedes einzelne Wort betonend, fügte er hinzu: »Eigentlich ist diese Frage schon seit einiger Zeit vom Tisch. Denn er, das bin ich.«

»Was soll das heißen?«

»Dass ich sein Sohn bin. Ich bin der, den Sie erwarten. Sie sehen, alles kommt ins Lot.«

Mit einem Mal lastete Stille im Raum. Nach einer gefühlten Ewigkeit wiederholte Violette schließlich wie betäubt: »Denn er, das bin ich.« François wollte sie in die Arme nehmen, doch sie stieß ihn heftig zurück und sprang auf.

In Gedanken ließ sie die wenigen Minuten Intimität Revue passieren, die sie zusammen genossen hatten. Wie üblich hatte man sich wieder einmal ihrer Naivität, ihrer Arglosigkeit und ihres Mangels an Selbstvertrauen bedient, die sie seit ihrer Kindheit mit sich herumschleppte. Und jetzt hatte François ihren Traum von einer gemeinsam mit ihrem Mann wieder neu zusammenwachsenden Familie zerstört. François hatte ihr weisgemacht, sie wäre noch eine begehrenswerte Frau, eine Frau, in die man sich Hals über Kopf verlieben konnte, eine Frau, die noch eine Zukunft, Pläne und Begierden hatte. Und dabei hatte er in ihr nur ein Mittel gesehen, sich an Richard heranzumachen.

Am unerträglichsten fand Violette allerdings, dass er sie ausgerechnet durch diese Lüge wieder mit dem Leben versöhnt hatte. Und seine Lüge war es auch, die ihr nun die Kraft gab, François ohne Tränen und ohne Vorwürfe in die Augen zu sehen. Zum ersten Mal in ihrem Leben hatte sie keine Angst, ihre Meinung zu sagen. Solange sie denken konnte, war sie Konflikten und Auseinandersetzungen grundsätzlich aus dem Weg gegangen. Zunächst bei ihrem Vater, um ihn nicht zu stören und zu ärgern. Immer war sie an dem ihr zugewiesenen Platz geblieben – sie, die nur die lebendige Erinnerung an eine Mutter war, die ihretwegen hatte sterben müssen. Weiter ging es mit ihrem Ehemann. Das Schuldbewusstsein wich nun der Qual, selbst Mutter zu sein und die Niederkunft unberechtigt überlebt zu haben. Es folgte ein langsamer Prozess zunehmender Farblosigkeit, die sie für Empathie hielt, die aber nichts anderes war als die Furcht davor, verlassen zu werden.

Aufrecht stand sie in ihren neuen Schuhen mit den schwindelerregend hohen Absätzen, die sie nicht einmal mehr spürte, vor dem unbeweglich wartenden François und sagte ruhig und fast unbeteiligt zu ihm:

»Ich habe die ganze Zeit geglaubt, dass wir uns durch einen Zufall kennengelernt hätten. Einen unglaublichen Zufall, einen Wink des Schicksals … Ganz schön kindisch, nicht wahr? Gut, dass Sie wenigstens keine Erektion bekommen haben, als Sie mich zu Boden warfen. Wahrscheinlich passiert Ihnen das öfter. Deswegen sind Sie auch so findig und durchtrieben. Sie kompensieren Ihre Schwäche.«

François, den Violettes Reaktion verunsicherte, murmelte: »Jetzt ist vielleicht nicht gerade der geeignete Moment, um darüber zu sprechen …«

»Ich bin noch nicht fertig. Sie hätten mich beinahe glauben lassen, dass das Leben wie ein Traum sein kann. Aber wenigstens dieses Mal habe nicht ich es verdorben, sondern Sie. Wenn ich Sie richtig verstanden habe, wollten Sie nicht etwa Ihren Vater kennenlernen, sondern nur seine Frau verführen. Um sie danach von sich zu stoßen. Damit alle sich ebenso einsam fühlen wie Sie. Um Ihr kleines Problem mit der – wie sagt man? Erektile Dysfunktion? – zu rechtfertigen. Niemand ist es wert, geliebt zu werden, nicht wahr?«

François sprang vom Sofa auf: »Hören Sie endlich auf, solchen Unsinn zu reden!«

Aber Violette fuhr müde fort: »Okay, Sie haben gewonnen! Sobald mein Mann herausfindet, dass sein Sohn der Regenschirm-Finder seiner Frau ist, wird er Sie vor die Tür setzen und bis an sein Lebensende nichts mehr von sich hören lassen. Bis irgendwann ein Anruf vom Anwalt und der Pflichtteil vom Erbe kommt. Ende gut, alles gut. Meine Tochter kommt finanziell locker darüber hinweg, und ich … bin ohnehin allen egal.«

François war totenblass geworden. Er drückte Violette auf einen Stuhl.

»Rühren Sie mich nicht an!«

Sofort nahm er die Hände von ihren Schultern. »Entschuldigen Sie bitte.«

Er setzte sich ein Stück von ihr entfernt auf den Boden, wie er es als Kind getan hatte, wenn er darauf wartete, dass seine Mutter ihre Putzarbeiten beendete.

»Als ich in einem Brief den Namen Ihres Mannes fand, wollte ich zunächst gar nichts von ihm. Ich habe ihn lediglich angerufen, weil er meine Mutter einmal besuchen sollte. Ich hoffte, es könnte ihr helfen. Es war idiotisch, doch ich habe es getan. Er hat abgelehnt. Es war natürlich sein Recht, aber er war so misstrauisch. Genau wie Sie dachte er, mir ginge es nur ums Geld. Ich wurde wütend, und es stimmt, ich wollte ihm wehtun. Ihm das Liebste nehmen, das er hat. Etwas besitzen, das ihm gehört. Ich begann, Ihnen zu folgen und Sie zu beobachten, um den richtigen Augenblick abzupassen, in dem ich in Ihr Leben treten könnte. Ich wollte Sie zu meiner Geliebten machen, weil das meiner Ansicht nach das Schlimmste war, das ihm passieren konnte. Inzwischen bin ich mir dessen nicht mehr so sicher. Und es gibt etwas, das ich nicht vorhersehen konnte – nämlich dass ich mich in Sie verlieben würde …«

»Das funktioniert nicht mehr, François. Ich bin keine kleine Traumtänzerin mehr. Ich weiß jetzt, woran ich bin, und vor allem sehe ich genau, wie Sie gestrickt sind. Ich wollte einfach nur begehrt werden, aber ganz sicher nicht als Vorwand oder Rachewerkzeug herhalten.«

»Ich habe Ihnen die Wahrheit gesagt.«

»Ja und? Haben Sie ernsthaft gedacht, ich verlasse meinen Mann und gehe mit Ihnen? Glauben Sie, man setzt dreiundzwanzig gemeinsame Jahre wegen einer verrückten Idee oder des Andenkens an einen leidenschaftlichen Kuss aufs Spiel?«

François antwortete nicht. Ja, so hatte er es sich eigentlich vorgestellt.

Leise fuhr Violette fort: »Und es gibt noch etwas, woran Sie nicht gedacht haben: Ich war sehr glücklich, dass er einen Sohn hat. Glücklich seinetwegen und glücklich meinetwegen.«

Violette stand auf und holte ihren grauen Mantel. Er folgte ihr wie benommen. Sie reichte ihm das eingepackte Geschenk, das er auf dem Klavier hatte liegen lassen.

»Wir wollen hier nichts mehr von Ihnen. Jetzt möchte ich nur noch erfahren, wo Sie meinen Mann hingeschickt haben. Ans Krankenbett Ihrer Mutter?«

Er hielt ihrem Blick stand.

»Und noch etwas wüsste ich gern«, fügte sie hinzu. »Was hatten Sie eigentlich während Richards Abwesenheit vor? Wollten Sie vielleicht einen weiteren Versuch auf dem Fußboden starten?«

François versuchte gar nicht erst, sich zu rechtfertigen. Er zog seinen Mantel an und dachte, dass alles so einfach hätte sein können. Er hätte ihr nur vertrauen müssen, als sie schüchtern und zurückhaltend in die Hotelbar gekommen war, um ihren Schirm abzuholen. Schon beim ersten

Blick war ihm klar geworden, dass er sich verlieben würde. Und immer noch sehnte er sich danach, ihr ein anderes, ein besseres Leben zu ermöglichen. Aber er hatte alles zerstört. Ob sich daran noch etwas ändern ließe?

Mit seinem Päckchen in der Hand erklärte er: »Ich begleite Sie.«

»Kommt nicht infrage. Ich finde mich ganz gut selbst zurecht.«

Mit einem winzigen, traurigen Lächeln erwiderte er: »Daran zweifele ich keine Sekunde. Aber ohne die Adresse werden Sie nicht weit kommen.«

Sie sagte ihm nicht, dass es ihr keine Mühe bereiten würde, das Zimmer dreihundertneun im Krankenhaus Cochin wiederzufinden. Wollte sie ihm eine letzte Chance geben oder nur den Moment des endgültigen Alleinseins hinauszögern?

Violette nahm ihre Handtasche und öffnete unsanft die Tür. »Okay, gehen wir also.«

Während sie durch die menschenleeren Straßen von Paris fuhren, schwieg François. Von Zeit zu Zeit beobachtete er Violette heimlich. Mit geschlossenen Augen, unbewegtem Gesicht und ineinander verkrampften Händen verkroch sie sich tief im Beifahrersitz. Sie wollte weder die Weihnachtsbeleuchtung noch den Schnee sehen, der langsam zu fallen begann, und auch nicht die Familien, die sich hinter den erleuchteten Fenstern zu Tisch setzten. An diesem Abend wollte sie sich nur an das Entzücken ihrer Tochter erinnern, als sie noch ein kleines Mädchen gewesen war. Noch einmal an ihr niedliches Gesichtchen denken, das angesichts des leuchtenden Christbaums und der großen Krippe, deren Stroh bis auf die Stapel von Geschenken hinunterrieselte, nur so strahlte. Ihr einziger Erfolg im Leben. Der vierundzwanzigste Dezember. In fünf aufeinanderfolgenden Jahren. Danach entfaltete sich die Magie nicht mehr. Céline wurde aufmüpfig und verkündete ihren Eltern stolz, dass es gar keinen Weihnachtsmann gebe. Und damit begannen die Probleme.

»Wir sind da«, sagte François und zwängte sich in eine Parklücke. »Ich begleite Sie, sonst verirren Sie sich.«

Violette reagierte nicht. Er öffnete ihr die Wagentür.

Wortlos stieg sie aus. Als sie auf dem Schnee auszugleiten drohte, streckte er ihr gerade noch rechtzeitig die Hand entgegen. Mit ihren zwölf Zentimeter hohen Absätzen sah sie sich gezwungen, seinen Arm zu nehmen, um nicht hinzufallen, ließ ihn aber beim Betreten der Eingangshalle sofort los.

»Und wie soll es jetzt weitergehen?«, fragte sie.

»Keine Ahnung. Improvisieren wir doch einfach.«

Sie ahnte, dass er ihr helfen wollte, ging jedoch nicht darauf ein. Links von ihr hatten sich ein paar Patienten im Rollstuhl oder mit Gehhilfe stumm um einen blinkenden künstlichen Weihnachtsbaum versammelt. Im Licht der Lämpchen wechselte ihre Gesichtsfarbe alle zehn Sekunden von Bläulich über Lila bis Blutrot. Woran mochten sie denken? An ihre Einsamkeit? An das Festessen der anderen?

Violette ging auf die Leute zu, tauschte mit jedem ein paar Worte aus und schenkte ihnen einen winzigen Funken Hoffnung und ein wenig Aufmerksamkeit, um sie wenigstens kurz vergessen zu lassen, dass sie hier nur Nummern, Krankheitsgeschichten und Therapiemaßnahmen waren. Bewegt sah François ihr zu, ehe er sie schließlich fragte:

»Wollen wir gehen?«

Beim Verlassen des Aufzugs begegneten sie einigen Krankenschwestern, die mit müdem Gesicht und einem routinierten Weihnachtsgruß auf den Lippen aus den Krankenzimmern kamen.

Vor der halb geöffneten Tür von Zimmer dreihundertneun blieben sie stehen. Richard saß an Lolas Bett. Er beugte sich über sie und tupfte ihr die Stirn mit einem Taschentuch ab.

»Keine Sorge«, sagte er leise, »ich werde mich um unseren Sohn kümmern und versuchen, die verlorene Zeit wettzumachen. Auch wenn er mich zu Beginn wahrscheinlich nicht leiden kann. Eines Tages wird er mich vielleicht akzeptieren.«

François wollte das Zimmer betreten, doch Violette hielt ihn zurück.

»Lassen Sie die beiden noch einen Moment allein. Sie haben sich so viel zu sagen.«

»Sie versteht ihn aber nicht mehr«, flüsterte er ihr ins Ohr.

»Ich rede nicht von Worten …«

François wurde klar, dass er diese Frau wahrhaftig liebte. Sie war vielleicht das letzte Geschenk seiner Mutter an ihn.

Betroffen beobachtete Violette ihren Mann und verfolgte seine präzisen, liebevollen Gesten. Er, der es nie ertragen hatte, wenn jemand in seiner Umgebung krank war, zeigte sich Lola gegenüber aufmerksam und zuvorkommend. Dieser Mann, von dem sie in diesem Moment nur seinen Rücken sah, hatte nichts gemeinsam mit dem Fremden, zu dem ihr Ehemann geworden war. Er berührte Lola sanft und zärtlich. Konnte er so voller Hingabe sein, weil sie unbeweglich und fast leblos dalag? Oder war es das Andenken an seine erste große Liebe, das ihm kostbar war und das er – ganz allein – zu bewahren versuchte? Aber vielleicht überwand er in Lolas Gegenwart auch die Jahre und wurde wieder zu dem jungen Mann, der er einst gewesen war, liebevoll und empathisch.

Angesichts von Violettes Schweigen murmelte François: »Was für eine Verschwendung …«

»Alles hat einmal ein Ende. Auch die Verschwendung«, flüsterte sie abwesend zurück. »Gehen Sie zu Ihren Eltern.«

Ein wenig ängstlich, aber entschlossen ging François auf den Mann zu. Er wusste, dass er wegen seines unannehmbaren Vorgehens und der Tatsache, dass er Violette für seine Pläne benutzt hatte, von Richard Domm noch einiges zu hören bekommen würde, doch das spielte keine Rolle mehr. In wenigen Sekunden würde er ihm alles erzählen. Wirklich alles. Er stand höchstens noch einen Meter hinter seinem Vater, als seine Mutter ihn entdeckte und zu ihm sagte:

»Guten Abend, Herr Doktor. Das hier ist Richard. Er bringt mich nach Hause.«

Mit diesen Worten drückte sie fest die Hand des über sie gebeugten Mannes. François erstarrte. Wieso erkannte seine Mutter diesen Mann, aber nicht ihn?

Richard wandte sich um, sah François und begriff sofort. Die Begegnung auf dem Friedhof, der Regenschirm, Violettes Verhalten … Doch er schwieg. Für ihn zählte nur noch eins: Lola hatte seinen Namen behalten. Seit er wieder bei ihr war, hatte er vielleicht hundert Mal wiederholt: »Richard. Ich bin Richard.« Als er sie so zerbrechlich in ihrem Bett liegen sah, wurde ihm plötzlich klar, dass sie vor fünfundzwanzig Jahren nur verschwunden war, um ihm ein

Leben ohne Altlasten und Verpflichtungen zu ermöglichen. Sie hatte sich entschieden, ihr Kind ohne die Hilfe eines Mannes aufzuziehen. Sie hatte ihre Liebe der Vernunft und nicht etwa dem Zwang geopfert. Hätte er dieses Baby gewollt und es ihr gesagt, wäre alles ganz anders gekommen.

Welche Bedeutung hatten unter diesen Umständen François' Lügen? Der junge Mann liebte Möbel, das war doch schon einmal etwas. Für Richard war jetzt nur noch wichtig, das Versprechen zu halten, das er Lola gegeben hatte – auch wenn sie es schon nicht mehr wusste. Oder gar nicht erst gehört hatte. Er würde sich um seinen Sohn kümmern.

»Du hast lange gebraucht«, sagte er. »Welche Strecke bist du gefahren?«

François stand stocksteif auf der anderen Seite des Bettes und war unfähig zu antworten. Richards unerwartete Reaktion verwirrte ihn, und er schämte sich seines Verhaltens. Was hätte wohl seine Mutter gesagt, wenn sie erfahren hätte, was er aus Stolz, Groll und Dummheit ausgeheckt hatte? Als er nun Richard und Lola Hand in Hand sah, als wäre dies ganz und gar selbstverständlich, wusste er, dass sie sich wirklich einmal geliebt haben mussten.

Violette hatte sich nicht vom Fleck gerührt. Sie beobachtete die Familie, die vor ihren Augen zusammengefunden hatte. Richard und François hielten nun Lolas Hände. Es bedurfte keiner Worte mehr. Violette fühlte sich so ausgeschlossen, als hätte sie nie existiert. Leise wandte sie sich um und ging zum Aufzug zurück.

Es hatte aufgehört zu schneien. Violette lief den verlassenen Boulevard entlang. Sie hatte den Eindruck, mehr dahinzutreiben als zu gehen. In ihrem Leben war sie immer nur dahingetrieben. Gegen diese Leere, die von jeher in ihr war – seit ihrer Geburt, die einen Tod verursacht hatte, seit diesem Tod, der Leben hervorgebracht hatte –, gab es kein Rezept, das wusste sie. Nie hatte sie etwas unternommen gegen ihre schuldhafte Einsamkeit und dieses Leben, dem jede Orientierung fehlte, weil sie vor lauter Selbstmitleid die Verzweiflung der anderen nicht erkannt hatte. Als sie Lola zwischen den beiden einzigen Männern gesehen hatte, die ihr etwas bedeuteten, hatte sie sich bei einem Anflug von Neid ertappt. War eine glückliche Amnesie nicht immer noch besser als eine vergiftete Erinnerung?

An der Kreuzung des Boulevard Raspail bog sie in die Straße ab, die am Friedhof Montparnasse entlangführte. Hier hatte ihr Mann sie vergessen. Hier hatte sie François kennengelernt. Vor dem geschlossenen Tor blieb sie stehen. War sie so wie diejenigen, die dort ruhten, versteinert in der Reue darüber, nicht oft genug gesagt zu haben, dass sie liebten, dass sie vergaben und dass sie bereit waren zu verstehen? Sie lebte noch und hatte die Freiheit zu wählen, sich zu entscheiden. Sie hatte die Freiheit, sich wenigstens dieses Mal nicht an ihren verlorenen Illusionen festzuklammern. Mit François hatte sie Momente außerhalb der Zeit, außerhalb jeglicher Routine und jenseits der Reue erlebt. Und sie hatte wieder zu träumen begonnen. Nein, sie würde nicht mehr in das alte Schema zurückfallen. Es war höchste Zeit, etwas aus ihrem Leben zu machen.

Violette umklammerte die Gitterstäbe des Friedhofstores. Ein Auto fuhr mit hoher Geschwindigkeit die lange gerade Straße entlang. Sie zögerte einen Moment.

Nachdem Richard das Krankenhaus verlassen hatte, versuchte er mehrfach, seine Frau anzurufen. Sie meldete sich nicht. Beunruhigt wandte er sich an François:

»Warum ist sie bloß draußen auf dem Korridor geblieben?«

»Ich weiß es nicht …«

François hatte noch immer mit seiner Rührung zu kämpfen. Gerade als sie Lolas Zimmer verlassen hatten, war ihnen auf dem Flur die Diabetikerin begegnet, Lolas Bettnachbarin, die auf Krücken einen kleinen Abendspaziergang unternahm, nachdem sie allen Bekannten auf ihrer Station ein frohes Weihnachtsfest gewünscht hatte.

»Ich habe eben Ihre Frau getroffen«, erzählte sie nach einem kurzen Blick von François zu Richard. »Wie nett von ihr, dass sie noch einmal wiedergekommen ist! Es ist schön, wenn eine Familie an einem Abend wie diesem wieder zusammenfindet. Wirklich schön.«

Die gemeinsame Entdeckung, dass Violette Lola schon einmal heimlich besucht hatte, schuf eine echte Verbindung zwischen den Männern. Es war ein Infragestellen und zugleich das Gefühl, in Einklang darauf zu reagieren, wenngleich beide schweigend in ihrer jeweiligen Deutung von

Violettes Besuch verharrten. Richard glaubte, dass sie seine erste große Liebe hatte kennenlernen wollen, und schloss daraus, dass sie noch an ihm hing, wenn es auch manchmal nicht danach aussah. François wiederum deutete Violettes Besuch bei Lola so, dass sich seine Stiefmutter endgültig für die Familie und gegen den Ehebruch entschieden hatte und dass er sie nie wieder würde in die Arme schließen können.

Richard stieg in sein Auto. »Wir treffen uns zu Hause«, sagte er. »Du kennst ja den Weg. Ich nehme an, sie hat ein Taxi genommen – zumindest hoffe ich es.«

»Immerhin haben Sie sie dieses Mal nicht vergessen«, murmelte François, dem es schwerfiel, seine Verunsicherung zu verhehlen.

Erneut musste er an Richards Verhalten im Krankenhaus denken. Er war so heiter und so ruhig gewesen! Nicht die kleinste Unstimmigkeit hatte es zwischen ihnen gegeben, als wäre alles ganz normal. Richard hatte ihn angesehen wie einen Sohn, der nach langer Abwesenheit wieder nach Hause kommt, und François war so verunsichert gewesen, dass er ihm nichts hatte beichten können. Es war, als hätte Lolas friedliches Lächeln alle Worte um sie herum getilgt und nicht nur die Vergangenheit ausgelöscht, sondern auch das sichere Ende, das sie erwartete. Sie öffnete den Mund nur noch, um mit großem Genuss Worte wie »Richard«, »Doktor« oder »Schokolade« auszusprechen.

Nun saß François am Steuer seines Twingo und folgte dem alten Saab des Mannes, der von nun an sein Vater sein würde. Des Mannes, der ihn bei sich willkommen hieß. Des Mannes, den er erst noch kennenlernen musste. Außerdem würde er jeden Tag Violette sehen. Das jedoch erschien ihm unerträglich.

An einer roten Ampel blieb Richard stehen, ließ die Scheibe herunter, winkte François freundschaftlich zu und legte einen Kavalierstart hin, als breche er mit Vollgas in ein neues Leben auf. Nachdem er Lola reglos in ihrem Bett hatte liegen sehen, verspürte er den unwiderstehlichen Drang, auf die veränderte Situation zu reagieren. Ursprünglich hatte er sich überlegt, dass er seine Jugenderinnerungen vielleicht erhalten könnte, indem er sie glorifizierte; an diesem Abend jedoch war ihm klar geworden, dass seine Fantasien nichts als vergiftete Überbleibsel aus der Vergangenheit waren. Er hatte Violette zurückgewiesen, weil er sie als Hindernis für seine innigsten Sehnsüchte und längst vergangene Reue empfand. Jetzt aber schämte er sich, so unfreundlich gewesen zu sein, so abweisend und so ablehnend. Er hatte es sich mit dem einzigen Menschen verdorben, der ihn niemals angelogen hatte.

Zu Hause im Aufzug sagte Richard zu François: »Wie wär's, wenn du mich duzen würdest?«

»Ich werde mich bemühen.«

»Ich hoffe sehr, dass meine Frau dich in die Wohnung lässt und dir nicht allzu böse ist. Sie war so glücklich, einen barmherzigen Samariter getroffen zu haben, aber in Wahrheit hatte sie es mit einem kleinen Machiavelli zu tun, der sie benutzt hat, um an mich heranzukommen. Hoffentlich gelingt es dir, sie diese Regenschirm-Geschichte vergessen zu lassen.«

François musste unwillkürlich lächeln. Hier ging es nicht nur um einen Regenschirm, den es zu vergessen galt, sondern um eine sehr viel komplexere Geschichte, die jetzt zu Ende war. All die verrückten Pläne, diese Frau zu entführen und sie ans Ende der Welt zu bringen, um ihr das wahre Glück zu zeigen, würden für alle Zeit in seiner Erinnerung eingeschlossen bleiben. Er drückte das immer noch nicht ausgepackte Geschenk an sich und stieß hervor:

»Das hoffe ich auch.«

Sie verließen den Aufzug. Vor der Eingangstür sagte Richard: »Am besten, wir klingeln. Sie wird fragen: ›Wer ist da?‹, und ich antworte: ›Wir sind's.‹ Das wird ihr sicher gefallen. Sie hat ein Faible für alles, was mit Familie zusammenhängt. Seit unsere Tochter ausgezogen ist, hat sich viel verändert.«

Er läutete. Beide warteten auf die Frau, die jeder von ihnen auf seine Weise liebte. Doch niemand kam. Richard schloss die Tür auf. Die Wohnung war dunkel. Er knipste das Licht an.

»Violette … Violette?«

Ziemlich aus der Fassung gebracht, stürzte er ins Wohnzimmer, gefolgt von François, der es allmählich mit der Angst zu tun bekam.

Richard betätigte den Lichtschalter. Die hässlichen

Blinklichter, die Pop-Art-Blätter und die Aluminiumtabletts – alles war verschwunden. Der Tisch war mit dem bestickten Tischtuch von Richards Großmutter, den weißen Porzellantellern mit Blattgold-Verzierung und den geschliffenen Kristallgläsern gedeckt.

In diesem Moment erschien Violette in der halb geöffneten Tür. Sie trug das marineblaue Kleid mit dem weißen Kragen und Ballerinas. Sie begrüßte sie mit einem Lächeln, das beide erstarren ließ. Einerseits empfanden sie eine tiefe Beruhigung, dass sie da war, andererseits verunsicherte sie Violettes entspanntes Verhalten. Doch Violette zerstreute augenblicklich die Bedenken der beiden Männer, als sie mit freundlicher Stimme sagte:

»Wenn ihr wollt, können wir uns zu Tisch setzen. Das Essen ist fertig. François, legen Sie doch Ihr Päckchen ab. Sie tragen es ja schon den halben Abend mit sich herum. Nach dem Essen werden wir es gern auspacken.«

François lächelte verhalten. Das Geschenk war eine CD, auf die er sein Klavierarrangement von *La Traviata* gebrannt hatte. Die Melodie, die Violette in der Hotelbar ins Wanken gebracht hatte.

»Der Tisch sieht wunderschön aus, Liebling«, stammelte Richard. »Vielen Dank.«

François hatte nur Augen für eine einzige Sache: die altmodische Spange, die Violettes Haare in ihrem Nacken zusammenhielt. Die Spange, die er niemals würde lösen dürfen.

Drei Tage später verkaufte Richard seine Boulle-Kommode zu einem astronomischen Preis und räumte seine Werkstatt um, damit Lola dort einziehen konnte. Von der Pflege der Patientin bei ihm zu Hause, wo er seine Leidenschaft, seine angelesenen Fachkenntnisse und seine unerschöpfliche Geduld einbringen konnte, versprach er sich den größten Erfolg. Neben Pflegeprodukten und Nahrungszusätzen hatte er sich mit Dutzenden Büchern zur Kommunikation mit dementen Personen eingedeckt. Er hoffte noch immer darauf, dass es früher oder später zu einem echten Austausch kommen könnte. Im Augenblick jedoch beschränkte sich ihr Dialog auf die Schönheitspflege. Unter Richards kundigen Händen wurden Lolas Wangen wieder rosig, und in ihrem Gesicht zeigte sich das Leuchten ihrer gemeinsamen Jugend.

Zwischen einem ehemaligen Glück, das gerade restauriert wurde, und einer unmöglichen Liebe, die sich ein paar Stockwerke weiter oben im Haus entfaltete, schlug die Geburtsstunde einer außergewöhnlichen Familie.

Schon bald würde sich François am frisch gestimmten Klavier im Flur an die Komposition einer Melodie machen, zu der Violette die Worte schreiben würde. Der Titel dieses Songs würde lauten: *Etwas von ihm*. Und Richard würde darauf fast ebenso stolz sein wie die beiden Autoren.

Es spielte keine Rolle, dass die Nachbarn sich über die Ménage-à-trois das Maul zerrissen. Sie waren zu viert, und die Wege der Lüge hatten jedem von ihnen die Verwirklichung seines Lebenstraums ermöglicht.

Vom Suchen und Finden der Liebe in Paris

Caroline Vermalle
DAS HERZ VON PARIS
Roman
Aus dem
Französischen von
Ulrike Werner-Richter
304 Seiten
ISBN 978-3-431-03954-2

Guillaume kennt die Geheimnisse von Paris wie kein Zweiter. Mit seiner lebenslustigen Kollegin Edie arbeitet er für die Touristik-Agentur I LOVE PARIS. Und er sucht er immer noch nach dem perfekten Anlass, Edie seine langjährige Liebe zu gestehen. Doch dann droht der Agentur das Aus, und ein kühner Plan scheint die einzige Rettung: Gemeinsam mit einer einflussreichen japanischen Bloggerin wollen Guillaume und Edie ein nostalgisches Sechzigerjahre-Paris inszenieren, wie es die Träume aller Paris-Reisenden von jeher beflügelt hat. Dabei kommen ihnen ein ums andere Mal die Wunder der Liebe dazwischen. Mit ungeahnten Folgen für alle Beteiligten ...

Bastei Lübbe

Eine charmante Liebeserklärung an die Frau der Träume

Patrice Leconte
DIE LIEBE IST EIN GUTER GRUND, DEN ÄRMELKANAL ZU DURCHSCHWIMMEN
Roman
Aus dem Französischen von Karin Meddekis
160 Seiten
ISBN 978-3-431-03917-7

Gérald ist dreißig Jahre alt und von eher unscheinbarem Äußerem. Mit der Zeit hat er sich daran gewöhnt, regelmäßig übersehen zu werden, und weiß die Vorzüge seiner Transparenz zu schätzen. Doch dann verliebt er sich eines Tages Hals über Kopf in seine wunderschöne Kollegin Victoire. Um ihr Herz zu erobern, will er nun in hellem Glanz erstrahlen: mit einem beeindruckend heldenhaften Schwimmabenteuer!

»Eine poetische kleine Geschichte, deren Leichtigkeit bezaubert«
ELLE

»Berührend und voller Fantasie«
QUOTIDIEN

Bastei Lübbe